悪役令嬢は
キャンピングカーで
旅に出る
～愛猫と満喫するセルフ国外追放～
ぷにちゃん
ill.キャナリーヌ

CONTENTS

もくじ

「キャンピングカー召喚！」
ミザリー・クラフティア
種族：人間 / 性別：女 / 身長：160cm
乙女ゲームの公爵令嬢（悪役令嬢）に転生した女性。国外追放後、前世でキャンプに憧れていたこともあり、うきうきでキャンピングカー召喚スキルを使って旅に出ることに。

「完成～！　角ウサギのオムレツです！」

悪役令嬢はキャンピングカーで旅に出る

～愛猫と満喫するセルフ国外追放～

ぷにちゃん
ill.キャナリーヌ

ミザリーの旅キャンルート
ココシュカの街
フルリア村
シーウェル王国
トットの街
リシャール王国
王都
マルルの街

地図イラスト：今野隼史

キャンピングカー召喚

――今夜は王城で開催される舞踏会。

天井のシャンデリアはキラキラと輝き、流れる音楽に合わせて踊る楽しそうな紳士淑女たち。

まるでお姫様にでもなって、夢の世界に迷い込んでしまったみたい――なんて思うことができたら、幸せだったのかもしれない。

しかし現実は、おとぎ話とはかけ離れている。


「ミザリー。お前との婚約を破棄する！」


その言葉が舞踏会の賑《にぎ》やかなホールに響くと、一瞬でざわめきが消えた。そして次に聞こえてきたのは、クスクスと私を嘲笑《あざわら》う招待客たちの声。

「お前がナディアを陰でいじめていたことは、もう証拠が揃《そろ》っている！　ナディアは光魔法を使えるという、とても貴重な人物でもあるんだ。公爵令嬢といえ、彼女を害して許されるわけがないだろう！」

私の目の前に立ち、そう告げたのはこの世界――乙女ゲーム『光の乙女と魔の森』の攻略対象者であり、私の婚約者クロード・リシャールだ。

サラサラで綺麗《きれい》な金色の髪と、宝石のように透き通った青の瞳。すらりと伸びた手足に、ほどよく鍛えられている身体。整ったその顔立ちだけで、女の子は恋に落ちてしまうかもしれない。

現に、恋に落ちたヒロインが彼の後ろにいる。


大人気乙女ゲーム、『光の乙女と魔の森』。

プレイヤーの分身であるヒロインは、田舎の領地で平凡に暮らしていた少女だった。

ヒロインは光属性の力が目覚め光の乙女になり、魔物を倒す使命を課され――一六歳から一八歳までの三年間、学園に通って攻略対象者たちと愛を育みながら魔物を倒すというストーリー。


かくいう私は、彼女とは真逆の位置に立つ存在――悪役令嬢だ。


は――――。

クロードの言葉に、私は長く長く心の中でため息をついた。

私は、この乙女ゲームに転生した人間だ。悪役令嬢なので、彼女をいじめるのが主な役目という酷《ひど》い状況だ。

だがしかし。

実は私がヒロインのナディアをいじめたことは一度もないのだ。しかしどうしたことか、ゲームの補正か何かでいじめたことになってしまったらしい。

本当ならば、婚約破棄のショックで私は打ちひしがれるか逆ギレするのがいいのだろう。実際、ゲームの中の悪役令嬢は逆切れしていた。でも、そんなことはしない。

ああ〜〜、長かったゲームがやっと終わった〜〜〜〜!!

今の私の中には、喜びしかない。

ここから始まるのは、私がハッピーエンドになるためのエンディングシナリオだ。


そう、私は頑張って三年間過ごしてきた。

それはもうたくさんのヒロインいじめの濡《ぬ》れ衣を着せられて。だから婚約破棄を突きつけられた今、私は自由に生きたいと思います。

そんなことを考えていると、クロードが「聞いているのか⁉」と顔を赤くして怒っている。聞いていなかった。

ちょっと幸せな自分の未来を考えて、口元が緩んでいたかもしれない。

「お前は国外追放だ‼」

「わかりました」

ゲームで見た通りの展開に、私は笑顔になるのを堪《こら》えながら返事をした。

「しかし泣いて許しを請うなら――は？」

「承知しましたと、言いました」

次はにっこり微笑んでみせると、クロードがたじろいだのがわかった。そんなに迫力のある笑顔だったかな？　まあ、どうせ悪役令嬢ですからね。

「では、失礼いたします」

「ま、待て！　どこへ行くつもりだ！」

私が辞去の挨拶をすると、慌てふためいて引き留めてきた。

「もちろん、国外です。だって、私は国外追放なのでしょう？　まさか、王太子殿下が自身の言葉を取りやめることなんてしませんよね？」

「ぐ……っ」

まだ会場に国王は来ていないけれど、いったいどこまで今回のことに関する許可を得ているのだろうか？

おそらく、国王が来る前に話を進めようと思ったのだろう。でなければ、国王のいないタイミングで行う必要もないだろうから。

……まあ、私が気にする必要もないけれど。

私は家族に嫌われていた。

両親へ義理立てする必要もないし、むしろ最後に面倒ごとを押しつけることができて清々したくらい。

……ああでも、私の唯一の友達――黒猫のおはぎは迎えに行かなきゃね。

私は今後の計画を脳内で考えながら、舞踏会の会場を出た。

すぐにクロードとその取り巻きたちが追ってくるけれど、そんなものは無視だ。私はヒールとは思えないほどの早歩きで外に出て、ぱっと手を上げる。

悪役令嬢の役目を終えた私は――自由だ。


「キャンピングカー召喚！」


今までずっと隠していた固有スキルを使うと、私の横にキャンピングカーが現れた。このファンタジー要素満載の乙女ゲームには似つかわしくない、現代のキャンピングカー。

私が召喚したキャンピングカーは、『軽キャンパー』と呼ばれる種類だった。軽自動車をベースに作られている、比較的コンパクトなタイプだ。

車体はモスグリーンで、後部座席の部分には白いドアがある。ここから居住スペースに入れるのだろう。ドアには丸窓、車体の後方にも長方形の小さな窓がついている。

運転席は軽自動車と同じ作りになっていて、運転も難しくはなさそうだ。ドアの部分には白地で猫のロゴマークが入っていて、とても可愛らしい。


「ななな、なんだそれは⁉」

「あんなスキルは見たことがないぞ⁉」

「珍妙な……！」

私を追いかけてきた人たちが何か言っているけれど、気にせずキャンピングカーに乗り込んだ。

「運転席だけ見ると、普通の軽自動車だねぇ」

……実は、このスキルを使うのは初めてだったりする。

いかんせん悪役令嬢だけど公爵令嬢という身分があったので、一人でスキルを試すことができなかったのだ。

ゲームの展開は把握していたので、自分の味方がいないことも知っていた。だからずっと、自分にはスキルがないと言い張り黙秘していた。

運転席周りで気になるものはインパネくらいだけれど、今はゆっくり確認している時間はない。後回しだね。

クロードたちがキャンピングカーに近づいてきたのを見て、私はさっさとギアをドライブに入れて、エンジンをかける。オートでヘッドライトがつく。

汚い手で私の愛車に触れないでほしい！

「さて、おはぎを迎えに行って……国外追放されましょうか！」

私はアクセルを踏んで、キャンピングカーを飛ばした。

「おはぎ、おはぎ〜」

クロードに婚約破棄&国外追放を言い渡された私は、自宅の屋敷近くでキャンピングカーを降りてから、こっそりと庭へやってきた。その理由は、私の愛猫である黒猫——おはぎを連れていくためだ。

私が何度か名前を呼ぶと、『にゃぁ』と姿を見せた。

「おはぎ！」

『にゃっ！』

おはぎは軽やかに地を蹴って、私の肩に飛び乗ってきた。そのまま私の頬にすりりとすり寄ってきて、おはぎが私の鼻にちょんと鼻をつけてくる。猫流の挨拶だ。

その後は私の頭の上に乗って、嬉《うれ》しそうにゴロゴロしている。ゴロゴロの振動が頭から伝わってくるのが、なんだか楽しい。

私に懐いてくれているおはぎは、生後数ヶ月ほどのメスの子猫だ。

真っ黒の毛に、水色の瞳。手足はしなやかで、まだ小さいのに、いろいろなところへジャンプしてしまう好奇心旺盛な子。

……今でこそ元気だけれど、おはぎは屋敷の使用人に邪険にされていた。庭でご飯を求めて弱々しく鳴いていたのに蹴とばされる瞬間を見て、私が咄嗟《とっさ》に助けに入ったのだ。

だから、屋敷におはぎを置いていくことは絶対にできない。

「私が幸せにするからね、おはぎ！」

『にゃにゃっ！』

それから植え込みの隙間に隠しておいた鞄《かばん》を手に取る。これには、ちょっとした調味料類と、私がこつこつ貯めたお小遣いが入っている。今日イベントが起こることはわかっていたので、用意しておいたのだ。

……よし、これでオッケー！

ということで、私は屋敷を後にしようとしたのだが――「ミザリー！」と私を怒鳴りつける声が聞こえてきた。お父様だ。

「早馬が来て、話は聞いた。殿下から婚約破棄されただと？　なんと愚かなことをしたんだ。黒髪で闇属性のお前を育ててやったというのに、その恩を忘れたのか？　婚約破棄されたお前なぞ、もうなんの価値もないではないか‼」

顔を赤くして怒るその後ろで、ついてきた屋敷のメイドたちがクスクス嘲笑っている。

そう、私は公爵家の娘――ミザリー・クラフティア。一八歳。

魔物と戦うこの国では、特に貴族の間で闇属性と黒髪が忌避されている。

その理由は――魔王が闇属性だからだ。

スライム、オーク、ドラゴン……そんな魔物がいる中で、魔王は人と同じ外見をしている。そのため、闇属性の人間が魔王になるのではないか――そんな風に言われているのだ。

ただ、その根拠はない。

そんな中、私は黒髪で、闇属性という力を持って生まれた。

元日本人の私からすれば、別に普通……という感じなんだけどね。闇属性は強くて格好良い、そんなイメージもあるくらいだ。

幸いなのは、瞳の色まで黒ではなかったことだろうか。瞳はコーラルピンクと、可愛らしく黒髪にも映える色合いだ。それがあったから、闇属性でもこうして生かされていたのだろう。

父は私の頭に乗ったおはぎを見て、大きくため息をついた。

「まだその黒猫の世話をしていたのか？　さっさと処分しろと言っただろう。屋敷内に黒猫がいるなど、不吉で仕方ない！」

「……！　こんなに可愛いおはぎを悪く言うなんて、最低……」

「な――っ、私に反抗するというのか⁉」

私は今まで父の言葉に従ってきたので、突然反抗されて驚いたのだろう。

よい娘でいれば、悪事をしなければ、ゲームのエンディングとは違う結末を迎えることができるかもしれないと思ったからだ。家族と仲良くなれるかもしれない、と。

――でも、それは間違いだった。

「お父様。私は出ていきます。クラフティアという名は捨て、これからは一人のミザリーとして生きていきます」

「もう二度と、我が家の敷地を踏むでない！　生まれてから今まで一度も役に立たなかった娘など、必要ない!!」

「――さようなら」

そう言って、私は踵《きびす》を返して歩き出す。

様子を窺《うかが》っていた使用人たちが後ずさるように道を空けたのを見て、よく一八年もこの屋敷で過ごしてこれたなと思う。

公爵の父と同様、使用人たちも私を嫌っていたからだ。

でも、これからは違う。

私は悪役令嬢としてではなく、一人の人間――ただのミザリーとして生きていくのだ。

さあ、セルフ国外追放だ！
ということで、ブロロロロとキャンピングカーを飛ばして街を出たのだが……なぜかクロードが馬に乗って追いかけてきた。その後ろには、何人もの騎士がついてきている。
「待てー！」
「止まれー!!」

と、魔導具の明かりに照らされながら声が聞こえてきた。

……なんで私を追ってきてるんだろう？

「国外追放を言い渡したのは向こうなのにね、おはぎ」

『にゃうぅ？』

日中であれば街道には馬車が行きかっているが、幸い今は夜中。

馬車がいない見晴らしのいい街道を見て、私はアクセルを踏み込んだ。ギュオンと勢いよくスピードが上がり、あっという間に時速八〇キロになりクロードたちの馬を引き離してしまった。

サイドミラーを見ると、クロードたちは米粒のようだ。

まあ、馬が自動車に敵《かな》うわけがないよね。思わず笑ってしまった。ゲーム補正とはいえ無実の罪を着せられて国外追放されたのだから、これくらいは許してほしい。

「キャンピングカーは快適だぁ！」

『にゃぁん！』

馬と違って乗るために着替えなくていいし、お尻も痛くならないし、機械なので体力だって気にしなくていい。

時速四〇キロ程度でしばらく道なりに走っていると、インパネから《ピロン♪》と音が鳴った。見ると、文字が表示されていた。

《レベルアップしました！　現在レベル２》

「ふぁー⁉　なんと‼」

まさかのレベルアップに、私のテンションが上がる。

固有スキルのレベルアップ方法はそれぞれ異なるので、私も明確にはわからなかったけど……タイミング的に、走行距離だろう。


この世界には、属性魔法と固有スキルの二つが存在する。

属性は、火・水・土・風・光・闇の六属性。

人は属性を持って生まれるけれど、それを使いこなせるかは別問題。ただ鍛錬次第で習得できるし、いろいろなことができるようになる。

――が、私は闇属性を持ってはいるけれど、魔法を使うことはできない。残念なことに才能がまったくなかったからだ。

……一応、魔法に憧れて練習はしたんだよ。でも駄目だった……。

固有スキルは、それを持っている人だけが使えるスキルだ。

だいたい五人に一人くらいの割合で固有スキルを持っているけれど、どのスキルを持っているかの比率は違う。

たとえば身体強化。これは一番といっていいほどよくある固有スキルで、持っている人が多い。

ほかに有名なスキルだと気配察知、視力強化。レアなスキルだと鑑定、空間収納などがある。

そして私のスキル、キャンピングカー召喚。

ほかに持っている人を聞いたことがない、極めてレアなスキルだ。今まで所持者が一人しか確認されなかったスキルはほかにもあって、幸運者、空間転移などがそれにあたる。

属性魔法、固有スキル、どちらも使用するためには自分の体内にあるマナを使う。そして人が持つマナの量は、それぞれ違うと言われている。

街道の端にキャンピングカーを停めて、じっくり見てみることにした。自分のスキルのことなのに、まだ何も把握できていないのだ。

おはぎは疲れてしまったようで、助手席ですやすや眠っている。可愛い。

「普通の軽自動車だけど、何か違うところはあるのかな?」

運転席の目の前のインパネは液晶で、どうやらタッチパネル式になっているようだ。レベルという文字が書かれていて、それをタップしたら内容が表示された。

……地味にハイテクだ。

レベル1　キャンピングカー(軽キャンパー)召喚

レベル2　空間拡張:トイレ

「――って、トイレ!!」

ものすごく大事な機能が拡張されていた。

よかった。心からレベルアップしてくれたことに感謝した。ありがとうありがとう。

インパネには、中央に現在地から半径一〇〇メートルほどの地図があり、左右に燃料計、速度計、走行距離、外気温、時計が表示されている。

レベルが表示されている以外は、日本で乗っていた自動車とさほど変わらないようだ。

しかしそこで、はたと気づく。

「燃料⁉」

キャンピングカーは自動車なのだから、走るためにはガソリンが必要だ。

しかしこの世界は中世ヨーロッパな感じのゆるっとふわっとファンタジー乙女ゲームなので、ガソリンスタンドなんて存在しない。

……もしかして、詰んだ？

「ああああ、どうしよう……」

ガソリンが尽きてクロードたちに追いつかれてしまった――なんて、間抜けな真似だけはどうしても避けたい。

駄目元で燃料メーターのところをタップしてみると、画面の中央に詳細が表示された。

「お？　……燃料は――マナ⁉　ってことは、私のマナがガソリン替わりになってるんだ！」

なるほどなるほどと頷《うなず》いた。

確かに考えてみれば、キャンピングカーは私のスキルだ。スキルなのだから、使用するのに私のマナが使われていてもなんら不思議ではない。

よかった、ガソリンじゃなくて……。

「私は闇属性だから魔法の教師はつけてもらえなかったけど……マナはそこそこあるんだよね」

詳細のところを見ると、走行可能距離が書かれていた。無理をしなければ、残っているマナでまだ一〇〇キロ程度は走れるみたいだ。

マナは休むと自然回復するので、こまめに休憩を取り、夜はきちんと休んでいくのがいいだろう。体調を崩すとマナの回復が遅くなるので、そういった面は注意していきたい。

「よし、次は後ろ——居住スペースを見てみよう！」

『にゃう……？』

くあぁぁと欠伸《あくび》をしたおはぎがこっちを向いた。

「あ、起こしちゃったかな？　ごめんね、おはぎ。今から後ろの居住スペースを見てみるから、一緒に行こう」

『にゃ！』

おはぎが元気に返事をしてくれたのを聞き、私は一度キャンピングカーから降りた。運転席と居住スペースが繋《つな》がってないのは、ちょっとだけ不便だね。

まずはぐるっと一周、キャンピングカーの周りを歩いてみた。まじまじと見て、これが私のキャンピングカーか〜！　と、気持ちが昂《たかぶ》る。

「はわあぁぁ～、すごい！　よき！」

キャンピングカーはモスグリーンを基調とした車体で、白の縁取りの丸窓がついている。中が見えないように、内側からカーテンが引かれているのもポイント高い。トランク部分は大きく開くようになっているので、荷物の出し入れもしやすそうだ。

「さっそく中に入ってみようか」

『にゃ！』

車体の側面についているドアに手をかけようとして、はたとする。鍵ってどうなっているんだろう⁉と。

……鍵がかからないと、安心して過ごせないよね？

しかし私がドアに触れると、カチャリと開錠されたような音がした。同時に、自身のマナがわずかに使われたような揺らぎを感じたので、おそらく私のマナが施錠に関わっているのだろう。

「検証はおいおいしたいけど、とりあえず防犯面は大丈夫そうかな……？」

ということで、私は靴を脱いでキャンピングカーの居住スペースへ上がり込んだ。ドアのすぐ右横に靴箱があったので、いったんそこに靴もしまう。

「おぉ～、思ったよりも広い‼」

車内はオフホワイトを基調とした色合いで、モスグリーンと、私の瞳のコーラルピンクが差し色として使われているデザインで整えられていた。

窓はドアの部分も合わせると合計で四つあり、天井部分にはダウンライトが仕込まれていて暖かな光が室内を照らしている。

入り口のすぐ右手側に靴箱があり、左手側には簡易水道が設置されている。その上は、運転席側に上部収納があって便利そうだ。

そしてすぐ前には、テーブルをはさむように一人掛けのソファが二脚ある。私とおはぎ、それぞれソファを自由に使える贅沢《ぜいたく》仕様！

ソファに触れてみると、ほどよい弾力で……のんびりした時間を過ごすことができそうだ。

そして車体の後方には、トランク部分にあたる荷物などが置けそうな空間と、靴箱のすぐ横にはもう一つドアがあった。そのドアの横には、窓の下の位置まで収納棚が設置されている。これも便利そうだ。

『にゃ～』

おはぎが警戒するように、私の肩の上で水色の瞳をキョロキョロさせている。すぐ近くの壁に鼻を近づけて、鼻をふんふんさせて匂いをかいだりしているようだ。

「今日からここが、私とおはぎのお家だよ」

『にゃう』

私の言葉が通じたのか、おはぎが返事をしてから私の頬に頭をすりりと押しつけてきた。どうやらわかってくれたらしい。

すると、おはぎが私の肩からぴょんと跳んだ。

着地したのは、簡易水道だ。陶器のボウル型の器があり、その上に水道が設置されている。おはぎはそれが気になっているらしい。

「これはね～」

私はにやりと笑い、蛇口をひねる。すると勢いよく綺麗な水が流れ出た。

『にゃっ！』

おはぎの尻尾《しっぽ》がぶわっとなって、『シャーッ！』と声をあげたが……すぐに水だということに気づいたようで、手でちょいちょいっと流水に触れ始めた。

「ふふっ、楽しい？」

『にゃにゃっ』

どうやら楽しいみたいだ。私もおはぎと一緒に水道の水に触れて、ついでに手を洗っておく。冷たい水が気持ちいいです。

おはぎはそのまま顔を近づけて、器用に蛇口から流れる水を飲み始めた。

「今一番の問題は、おはぎのご飯だよね……。街か村があったら、ドレスとアクセサリーを売って食料品や生活雑貨を買わなきゃね」

『にゃ』

今まではおはぎをこっそり飼っていたことと、私への食事もまともなものではなかったため、あまりよいご飯をあげることができなかった。

しかしこれからは違う。おはぎにも、美味しいものをたくさん食べさせてあげるからね！

「って、そうだ、もう一つドアがあったんだった」

『にゃう？』

おはぎが水を飲み終わったのを確認してから、蛇口をしめて水を止める。そして向かったのは、入り口から靴箱をはさんで反対にあるもう一つのドアだ。

ちなみに、外からキャンピングカーを見たときにこのドアはなかったので……別の空間に繋がっているということになる。

「もしかしてトイレかな？」

レベルアップしてトイレが設置されたのは、インパネで確認済みだ。

私がドアを開けると、そこには現代でよく見かける温水洗浄便座があった。何度でも言いたいが、キャンピングカーすごい。

私はありがとうございますとトイレを拝んでドアを閉めた。


「そういえば、キャンピングカーといえば簡易ベッドがあるよね？　きっとテーブルとソファを収納すると、寝るスペースができるはず！」

私はテーブルとソファをいろいろな角度から見て、触って、動かせないか試してみる。ソファもテーブルも折りたたんで収納すると――ぱんぱかぱーん！　ベッドになった。

「はあぁ～、今すぐ寝ちゃいたい……」

しかしこの状況下で寝てしまうのはよくない。もう少し進んでおかないと、クロードたちに追いつかれてしまう可能性もある。

『にゃふぅ……』

しかしおはぎは眠かったようで、ベッドにしたとたん丸まって寝てしまった。すぐにすぴすぴと寝息が聞こえてくる。

「そうだよね、おはぎはまだ子猫だもんね……。いっぱい寝て、大きくなるんだよ」

寝ているおはぎのおでこを撫《な》でると、ゴロゴロ……と嬉しそうな寝息を立ててくれた。はい、最高に可愛いですね。

私、おはぎのために稼ぐよ……！

「もうちょっと頑張りますか……って、あれ？」

ふいに運転席方向に視線を向けると、壁に取っ手がついていた。よく見たら引き戸になっているではないか。

これはもしかしてもしかしなくても……？

引き戸を開けると、運転席が顔を出した。どうやら仕切りがあっただけで、居住スペースと繋がっていたみたいだ。

これはいい大発見！

「これなら移動するとき外に出る必要もないから、楽ちんだ〜！　仕切る必要はないし、このまま開けておこう」

私はルンルン気分で運転席に移動する。

「あ、靴も持ってこないと運転できないや」

さすがに裸足《はだし》で運転するわけにもいかないからね。

とはいえ今の靴はヒールなので運転に適してはいないんだけれど……履いているだけマシと考えよう。街か村に着いたら購入すればいい。

靴を取ってきて運転席に座ると、ふと目の前のインパネが気になった。

右下に鍵のアイコンがある。タップしてみると、『利用許可者一覧』『ゲスト』と出てきた。

ゲストのところには、おはぎの名前がある。

「もしかして、ここに登録するとキャンピングカーの施錠ができるようになるのかな？」

私はインパネをタップして、おはぎをゲストから利用許可者に変更した。

おはぎが自分でドアを開けれるかと言われたら微妙だけれど、何かあったときのために登録しておいた方がいいだろう。

「よし、準備万端！　おはぎが寝てるから、安全運転でいきますか」

再びキャンピングカーで走り始めた。馬車が走っていない深夜の間に、もう少し王都から離れよう。


ブロロロ……と走り出し、私はやっと落ち着けた気分になってきた。

今までの一八年間は、本当に辛かった。

乙女ゲームが始まり、学園に通うようになってからはさらに……。いじめるはずの悪役令嬢の私がいじめられているという不思議な状況だったのだから。

その分、今から目いっぱい人生を楽しむのだけれど。

「今まではお父様から雀《すずめ》の涙くらいの予算しかもらってなかったけど、これからは自分で稼いで生きていけるんだよね」

それだけでハッピーだ。

「稼ぐのは大変そうだけど、お金が稼げるってことは自由なんだもんね」

ただ残念なことに収入の目途はまだ立っていない。

――ので、そこは真剣に考えなければいけない。今着ているドレスやアクセサリーは、売っぱらって慰謝料としていただくつもりだが。

「あとはやっぱり、キャンピングカー生活を満喫したいよね！」

実は前世ではまああな社畜だった私は、夜な夜な焚《た》き火動画を見て癒されていた……。不思議だよね、焚き火ってずっと見ていられると思う。そこのあなた、お勧めですよ。

その動画の関連で、キャンプやキャンピングカーの動画も見る機会が多かった。

気づけばキャンプ系動画が大好きになり、いつか自分でもやってみたいと思っていたのだが……

まさか転生したのちにその夢が叶《かな》うとは。

「は～～、これからの生活が楽しみだ！」

私は上機嫌になって、まずは星空の下のドライブを楽しむことにした。

キャンピングカー間取り

Lv2
軽キャンパーバージョン

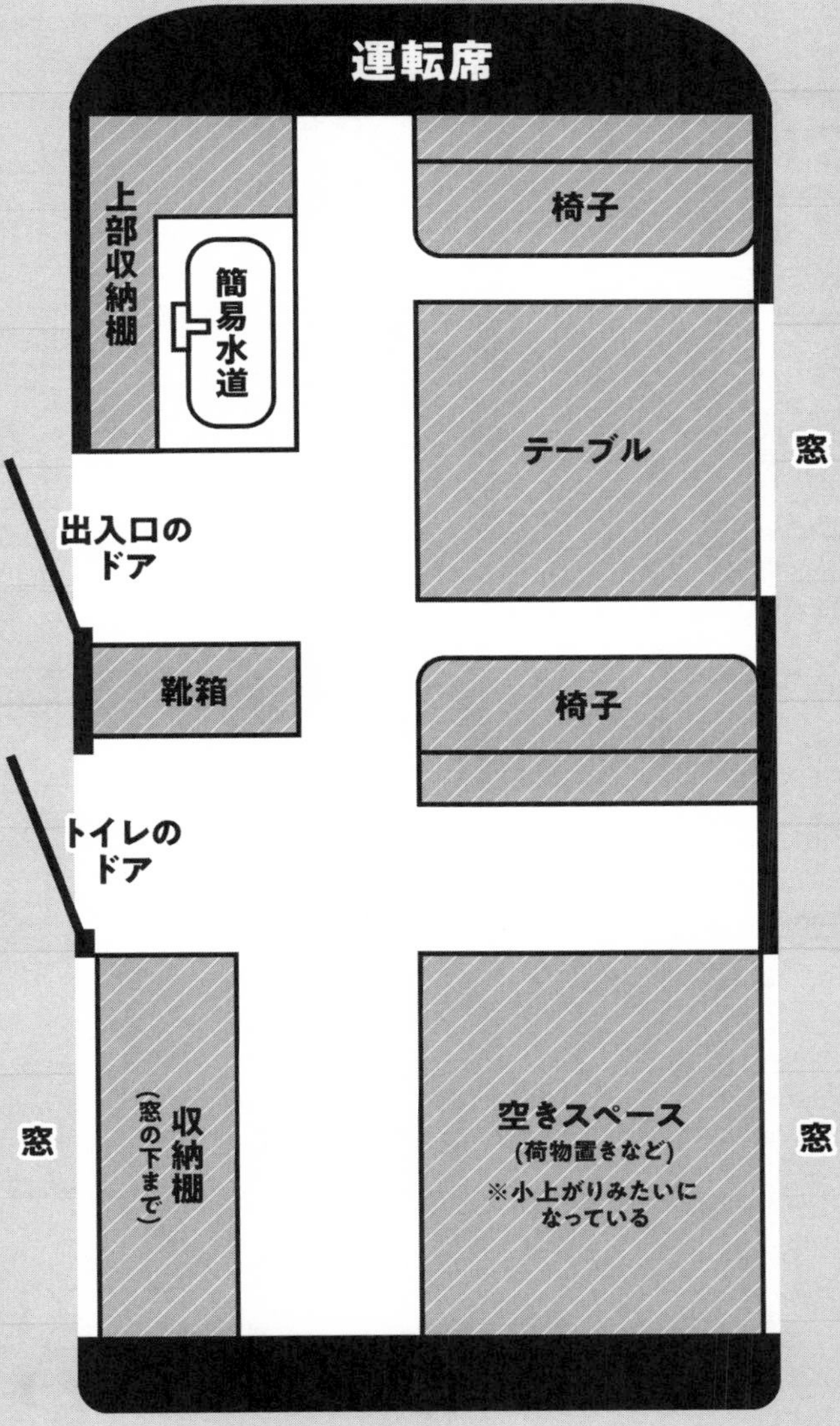

冒険者との出会い　～焼きリーリシュ～

乙女ゲームがエンディングを迎え、自由になった私はうきうき気分でキャンピングカーを走らせていく。

「国外追放なんだから国外に行かないとだけど、まずは街に寄って買い物をしたりしなきゃでなければ、食料も何もない」

私が目指しているのは、このまま街道沿いに走っていったところにあるマルルの街だ。

ここで今着ているドレスをどうにか売って新しい服を手に入れて、必要物資を買いたいと考えている。食料はもちろんだけれど、快適なキャンピングカーライフを送る日用品も必要だ。

「――あ！」

丁度《ちょうど》ヘッドライトに照らされた道の端に、木の実が落ちていることに気づいた。

私はキャンピングカーを停めて、周囲を見る。

街道の横には広場があって、馬車を停めて野宿することができるようになっていた。いくつかテントも張ってある。

……なるほど、道中の街や村に立ち寄れなかったときのためにこういう設備があるのね。

そして本題の木の実だが、その広場の端に何本か木が生えていた。どうやらそこから熟れたものが地面に落ちたようだ。

……あれって食べてもいいのかな？

というか食べられるのだろうか？　とりあえず見てみることにしよう。私がドアを開けて降りようとすると、『にゃ〜？』とおはぎが起きて私の肩に乗ってきた。

「そうだね、おはぎも一緒に行こう」

私はキャンピングカーから降りると、スキルを使ってキャンピングカーをしまう。都度召喚すればいいので、駐車場の心配をしなくていいのがとても助かる。

周囲をキョロキョロ見回していると、「何者だ⁉」という厳しい声が私に向けられた。

「――っ！」

「今の、巨大なものはなんだ……？」

やってきたのは、防具を身につけた男女二人の冒険者だった。

一人は剣を私に向けて、もう一人はランタンを持っている。こんな街道で野宿をしているのだから、夜の見張り番がいないわけがなかった。

私は「怪しい者ではありません！」と怪しさ満点な台詞《せりふ》を言いつつも、国外追放を言い渡されているのでやっぱり怪しい者だったかもしれないと心の片隅で思ったが……考えないことにした。

「今のは私の固有スキルなので、すみませんが詳細はお伝えできません」

「！　珍しい固有スキル持ちだったのか……なら、あまり突っ込んで聞くわけにもいかないか」

追及はしないでくれた男性冒険者に、私はほっとする。

属性魔法やスキル——特に固有スキルを詮索するのはよくないとされている。冒険者などは、自身のスキルを知られることが弱点になることもあるからだ。

男性冒険者の警戒がわずかに緩まると、女性冒険者が眉を顰《ひそ》めながら私を見た。

「それより、私は彼女の服装の方が気になるんだけど……？　なんか厄介なことになってるんじゃないの？」

「あ……」

そういえば舞踏会のドレスのままだったことを思い出す。こんな夜中にドレスの女が一人、いきなり現れたら驚かれても仕方ないだろう。

「オホホホ」

とりあえず笑って誤魔化しておいた。

「それはそうと……少しお伺いしたいことが。この広場になっている木の実——果物は誰かの所有物だったりしますか？　お腹が空いたんですけど、あいにく何も持っていなくて」

「めちゃくちゃ訳アリっぽいじゃん！　……あの果物は、特に誰のものでもないから自由に食べて大丈夫よ」

私が質問すると、女性冒険者が答えてくれた。

「おお！　教えてくれてありがとうございます！」

自由に食べていいらしい。

木になっているのは、みかんと、この世界特有のリーリシュという桃に似た甘い果物だった。どちらも背の高さは二メートルもなかったので、私でも簡単に収穫することができた。

は～～、ありがたや。

私が無心でもいでいたからか、冒険者が肩の力を抜いている。

「こっちで焚《た》き火にあたりながら食べたら？　もう春とはいえ、夜は冷えるでしょ？」

「焚き火⁉　いいんですか⁉」

「構わないよ」

私はありがたく焚き火にあたらせてもらうことにした。

広場の中心に行くと焚き火があって、その周りにテントがいくつか張られている。二人以外は中で寝ているのだろう。

は～……焚き火だ。

火がゆらゆらして、薪がはぜる音を聞くのはなんとも風流があっていいと思う。このままずっと見ていたい。落ち着く～。

……こんなゆったりとした時間は、この世界に転生してから初めてかもしれない。

私が焚き火にあたってぼうっとしていると、女性冒険者が鞄《かばん》の中から干し肉を取り出して「ほら」と私へ差し出してきた。その顔はちょっと照れているようにも見える。

「その、厄介者とか言って悪かったわね。肉も少しは食べておいた方がいいわよ」

「何から何までありがとうございます……！」

私は感謝して干し肉をいただくことにした。

おはぎには剝《む》いたリーリシュを与えると、美味しそうに『にゃっ！　にゃうにゃう～！』と食べてくれた。可愛い。

干し肉を食べ終えた私は、次にみかんを剝いて口に入れた。

「すっぱ!!」

甘いと見せかけてみかんはとってもすっぱかった。

「あはは、そのみかんはすっぱいのよ。リーリシュは甘いわよ」

「知ってたなら教えてくださいよぅ……」

私は口を尖《とが》らせつつ、次はリーリシュを剝いてぱくりと口に入れる。ちょっとドキドキしてしまったけれど、リーリシュはすっぱくなくてほっと胸を撫《な》で下ろす。

口の中に広がる瑞々《みずみず》しさが、飲まず食わずで運転してカラカラだった体に潤いをくれる。じゅわりと溶けるような甘さに舌鼓を打つ。

「ん～～、美味しい！」

私が絶賛する声をあげると、男性冒険者が笑った。

「確かに美味《うま》いけど、俺は食べすぎて飽きちゃったよ。リーリシュは安いし、こういうところでも手に入りやすいからさ」

「なるほど……」

家では碌《ろく》なご飯をもらえず、唯一食べられるまともな料理は夜会で出されたものだった私からすると、いつでもリーリシュが食べられるだけで大変羨ましい。

だけど、いろいろ美味しいものを食べたい欲は私にもある。大いにある。

この世界に転生してから闇属性という理由で碌にご飯を食べられなかった私は、それはもう酷《ひど》く食に飢えているのです。

キャンピングカーで旅をしながら絶品キャンプ飯を堪能する‼

というのも私の大いなる野望の一つだ。

でも、こんな美味しい果物に飽きてしまうなんて悲しいね。美味しく食べられる方法はいくらだってあるはずだけど――

「もしかして、いつも生で食べてますか？」

私が首を傾げつつ尋ねると、二人ともこくりと頷《うなず》いた。

「果物をそのまま食べる以外の方法なんてあるのか？　食堂だって、剝いて切ったリーリシュがそのまま出てくるだけだぞ？」

男性冒険者の言葉に、私は「なんと！」と驚く。

「フライパン一つですっごく美味しくなるというのに……。それを知らないなんて、人生損してますね……」

「フライパン一つでリーリシュが美味く……？　そんなことあるのか？」

「私も想像できないわよ」

どうやら果物を焼いたり煮たりするような料理は一般的ではないみたいだ。この世界は、日本に比べると食事情はあまり発展していないらしい。

思わず私が二人を憐《あわ》れみを含んだ目で見てしまったからか、男性冒険者が「だったら……」とすぐ近くの荷物からフライパンを取り出した。

「よければだけど、作り方を教えてくれないか？　そんなに美味いなら、食べてみたい」

「なら、果物のことも教えてもらって干し肉もいただいたので、お礼に作りますよ！」

私が任せてくださいと腕をぐっと曲げて見せると、二人の「「ぜひ！」」という声が重なった。

私の申し出に、女冒険者はきょとんとしつつも頷いて、荷物の中からフライパンを出してくれた。

それから、包丁も貸してくれた。助かります！

「そういえば、名乗ってもいなかったわね。私はトリシャよ。こっちは……」

「俺はカーターだ。よろしくな」

「私はミザリーです。こっちはおはぎ。二人に会えて助かりました」

軽く自己紹介をしたところで、私は料理に取りかかった。

まずはリーリシュを半分に切って、真ん中にある種を中心にひねって二つに割る。それをだいたい五分割くらいずつに切り分けて、皮を剝く。

ちなみに桃みたいに柔らかいため、力任せに扱うとぶしゅっと潰れて指の跡がついて非常に残念なことになるので注意が必要です。

「切ったリーリシュは、フライパンに並べていきます！」

私がフライパンにリーリシュを敷き詰めていくと、それをトリシャとカーターが「なるほど」と言って見ている。

……切って並べただけだから、感心できるところはないと思うけど……。あ、でもせっかくだからちょっとだけプラスしようかな？

私は家から持ってきたセルフ追放セット（命名：ミザリー）から、シナモンを取り出した。そしてパラパラッとリーリシュにかける。

「それはなんだ？」

「シナモンですよ」

私はこっそり家の厨房《ちゅうぼう》から拝借してきたけれど、貴族以外にはあまり馴染《なじみ》はないかもしれない。

「あ～、たまに市場のスパイス屋で売ってるのを見るわね。でも、使い方がわからないから買ったことはなかったわ」

「じゃあ、できた料理が美味しかったら挑戦してみてください」

「そうするわ」

トリシャが頷くと、カーターが「俺も！」と期待に満ちた目で頷いた。

「ぜひぜひ。シナモンをかけないでこのまま食べても美味しいですよ。並べ終わったら焚き火にかけて、しばらく待ったら完成です！」

なんてお手軽なのか。

「「えっ、これだけで⁉」」

二人はさらに何かひと手間加えると思っていたようだけれど、果物はこのままでも十分美味しくなるのです。素材の味は偉大だ。


できあがるまでの間、のんびり雑談をすることにした。

「そういえば、二人で冒険してるんですか？」

私がそう問いかけると、二人は揃《そろ》って首を横に振った。

「俺たちは三人パーティなんだ」

「もう一人は、テントの中で寝てるわ」

「あ、そうだったんですね」

言われてみれば、この広場にはテントがいくつかある。それから、商人が行商で使っているだろう馬車も二台ほどある。

……何組もグループがあるのかと思ったけど、そういうわけじゃなかったのかな？

私がキョロキョロしていたら、トリシャが説明してくれた。

「今ここにいるのは、あの荷馬車の商会と、それを護衛してる冒険者なの。護衛は私たちのパーティと、向こうのテントの四人組のパーティでしてるのよ」

「そうだったんですね」

見張りは順番に行っているので、ほかのパーティの人は寝ているのだという。

……ここに来るまで魔物に遭遇しなくてよかった。

キャンピングカーに乗っていて魔物と遭遇したらどうなるかなど、検証が必要だ。これは落ち着いたら確認していこう。

でも、スライムとかだったらキャンピングカーで轢《ひ》けそうだけど――考えるのはやめよう。

「っと、そろそろいい感じですね」

フライパンを見ると、リーリシュがいい感じにとろけていた。甘い香りが立ち上って、私の食欲を刺激してくる。これはけしからん食べ物だ。

「わああ、いい匂い！」

トリシャが鼻からいっぱい空気を吸い込んで、うっとりした表情で焼きリーリシュを見つめている。横にいるカーターもそわそわしているようだ。

私は苦笑しつつ、二人が用意してくれたお皿に取り分けた。

「すまない、ありがたくいただくよ」

「ありがと！　いっただっきまーす！　ん～～～～っ、アツおいひぃ～～～～っ!!」

「お前……もう少し……いや、いい……」

カーターはトリシャの食べっぷりに頭を抱えつつも、リーリシュを口に含んで「美味い！」と声をあげた。好評なようで何よりだ。

さて、私も。


一口サイズに切ったリーリシュは、焼いてあるためとろみがついている。口に含むまでもなく、芳醇《ほうじゅん》な香りが容赦なく鼻から入って体を駆け巡っていく。

そして甘い香りの中に、シナモンのツンとした匂いを感じる。ちょうどいいアクセントになっていて、よりリーリシュの香りを引き立ててくれているのがわかった。

……私の初めてのキャンプ飯、だね！

「いただきます」

ドキドキしながらぱくりと口に含むと、一瞬で濃厚な甘さが口の中いっぱいに広がった。まるで草原に春一番が吹いたかのようだ。

「ん……っ！」

同時に、舌の上でリーリシュが溶け始める。桃に似た味わいのリーリシュは、焼いたことにより甘みだけでなく旨味も強くなっているみたいだ。

「はふっ」

リーリシュの熱さに口で呼吸をすると、外の冷たい空気が体に入ってくる。

すると、口の中が落ち着いたからか、よりリーリシュの味を感じることができた。ごくんと飲み込むと、冷えた体が少しずつ温まっていくのを感じる。

「ん～、美味しい！」

はしたないことはわかっているけれど、思わずぺろりと唇を舐《な》めてしまった。それほどまでに、焼きリーリシュは美味しくできた。

もう一切れと、食べる手が止まらない。

焚き火の前で食べられるキャンプ飯というだけでも最高なのに、空を見上げれば満天の星で、今までの悲惨な運命からもやっと解放されて――。

ああ、泣きわめきたいくらい幸せだ。


「リーリシュはまだまだあるので、どんどん食べましょう!!」

「「賛成!!」」

私が思わず声をあげると、トリシャとカーターも思いっきり頷いてくれた。やはり甘いものは人を幸せにしてくれるね。

それから焼きリーリシュがなくなるまで、私たちは夢中で頬張った。


食器などの片付けを終わらせて、焚き火の側で寝てしまったおはぎを抱き上げる。

「それじゃあ、私たちはここらへんで失礼します。よくしていただいて、本当にありがとうございました」

私がお礼を告げると、カーターとトリシャは驚いた。

「え？　今から出発するのか？　まだ暗いが……」

「夜明けを待った方がいいんじゃない？」

「いいえ。できるだけ早く隣国に出ちゃいたいので、このまま行きます」

「そうか」

心配してくれる二人に急いでいることだけを伝えると、心配しつつも頷いてくれた。

それに、新しい服を新調するまであまり人と関わらないようにしたいと思っている。

もしかしたら私のことを知っている人や、王都に行った際に今回の婚約破棄事件を知ることになる人もいるかもしれないからね。

「それじゃあ、また〜！」

「道中気をつけてね！」

「また会ったときはよろしく頼む。美味いリーリシュ料理を教えてくれてありがとう！」

トリシャとカーターに手を振って、私はキャンピングカーで走り出した。

キャンピングカーを間近で見ていた二人は、とても驚いたが「すごい！」と盛り上がってくれてなんだか嬉《うれ》しかった。


干し肉と焼きリーリシュで腹ごしらえができたので、私のテンションは上がっている。やはり人間お腹が減っていてはいかんのだ。

「いい人たちだったねぇ、おはぎ」

『にゃっ』

助手席に寝かせたら目を覚ましてしまったおはぎも、ご飯が食べられたので満足そうだ。

「あと二〇キロくらいでマルルの街に着きそうだから、そこでいろいろ揃えよう。クッションとかも買って、キャンピングカーを充実させなければ！」

う～ん、考えただけでも楽しそうだ。

上機嫌のまましばらく走っていると、突然インパネから《ピロン♪》と音が鳴った。

《レベルアップしました！　現在レベル３》

「わっ、レベルアップした！」

二回目のレベルアップだ。

私はワクワクしながらインパネをタッチして、何ができるようになったか確認する。

レベル３　ポップアップルーフ設置

なんと!!

私は慌ててキャンピングカーを街道から草原にちょっと入ったところへ停める。そしておはぎと一緒に居住スペースへ行き、ポップアップルーフの確認を行う。

ポップアップルーフとは、キャンピングカーの屋根の部分の設備だ。

「あ、これかな……？」

天井を持ち上げることにより、上に空間――二階を作ることができる。後方部分が開く形になっているので、走ってきた道が一望できて爽快感がある。

できあがった空間部分はメッシュテントが張られ、虫などの侵入を防いでくれるし、透明部分があるので空や周囲を見ることも可能だ。

確認するとテント部分のつなぎ目にはチャックがついていたので、テントを外して開放的に使うこともできるみたいだ。

床の部分ははめ込み式の板があるので、それを敷くと寝転ぶことだってできてしまう、最高のまったりスペースなのだ……！

「おおおお、すごい!!」

『にゃ～！』

おはぎは新しい空間に興味津々で、ふんふんとテントの匂いをかいでいる。そのまま体を擦《こす》りつけて、ここは自分の縄張りだと主張しているのがとても可愛いです。

私もポップアップルーフに上がって、おはぎの隣に座る。

さすがキャンピングカーの屋根部分ということもあって、遠くまでよく見える。――というのも、どうやら朝陽が昇る時間みたいだ。山の向こうからゆっくり明るくなってきている。

「綺麗《きれい》だねぇ、おはぎ」

『にゃ～？』

私は朝陽の美しさに感動したけれど、おはぎは興味がないらしくぐぐーっと伸びをしている。脚を片方ずつ伸ばしているのが最高に可愛い。器用だ。

そのまま私のところへやってきたおはぎは、ぐりぐりと頭を擦りつけてくる。手の甲をおはぎに向けると、これでもかと頭を擦りつけてきた。

「んん～、可愛いがすぎるんですが？」

『んにゃ～』

ぐりぐりすりすりと甘えてくれるおはぎに、私はメロメロです。

しかしおはぎは満足したのか、座っている私の膝の上に乗ってきて丸まってしまった。どうやら眠たいみたいだ。

「そうだよね、今日はいろいろ連れ回しちゃったもんね」

わずかに聞こえてくるおはぎの寝息に頬を緩めながら、私は優しくおはぎを撫でる。ふわふわのもふもふで、最高級の肌触りだ。

……あ、もう膝が温かくなってきた。

おはぎの体温を感じると、私も自然と眠くなってくる。

「……そういえば、今日は寝てなかった」

舞踏会で婚約破棄をされ、急いでセルフ国外追放をしたのだから、休むどころではなかった。けれどこれからは、好きなときに休めるだろう。

もう妃教育だってする必要ない！　そう思うと、晴れやかな気分になる。

それに王子よりおはぎと一緒にいる方がいい。

『にゃふ……ん』

「ん？　……ああ、寝言かな？　可愛いなぁ」

おはぎの眉間を撫でると、ゴロゴロと喉を鳴らしてくれる。

猫は本来家に居つくものなので、旅はストレスがたまってしまっているかもしれない。私が撫でることで、ちょっとでも癒えてくれますように。

……これからは、このキャンピングカーがおはぎの家になってくれたらいいな。

私はそう思いながら、ポップアップルーフでゆったりした時間を過ごした。

助手席で丸まって寝ているおはぎに和みながら走り続け、私たちはマルルの街が見えるところまでやってきた。

マルルの街は外壁にぐるりと囲まれていて、東西南北にそれぞれ出入りできる門があるようだ。

まだ早朝なので人は少ないけれど、すれ違う人がキャンピングカーを見てめちゃくちゃ驚いているので、街から少し離れたところで降りてあとは歩いていくことにした。

私は装飾品の類はすべて取り外し、髪は後ろで一つに結った。

ドレスだけはどうしようもないので、貴族の令嬢が散歩をしていますという体《てい》で行くことにする。

どう見ても無謀な作戦だけれど、仕方がない。

堂々としていた方が怪しまれなかったりするのだ。……たぶん。

キャンピングカーをしまって街道を歩きながら、私は肩に乗っているおはぎに話しかける。

「小さな街とはいえ、人がいっぱいいるけど大丈夫かな……おはぎ」

『にゃう？』

おはぎは私の心配なんてまったく気にしていないようで、周囲を見て楽しそうにしていた。

……おはぎが大丈夫ならいいか。

「街に着いたらおはぎのご飯も買わないとね。この世界にカリカリはないから……やっぱり鳥のお肉かな？」

『にゃっ！』

どうやらご飯という単語がわかったようで、おはぎは嬉《うれ》しそうに声をあげた。


「えーっと……高貴なお方とお見受けいたしますが、なぜお一人で……？」

マルルの街へ入る前に、門番から職質を受けてしまった……。

私の心臓がドキッと大きく音を立てる。

……もしかして、私の素性がばれている⁉　と思って焦ってしまうが、冷静に考えれば早馬といえどキャンピングカーに追いつけるわけがないということがわかる。

しかし、懸念がまったくないわけではない。

それは――通信用の魔導具という存在だ。

遠距離でも連絡を取ることが可能な魔導具で、街に設置されている。村にはない。それを使われていたら、マルルの街に私のことが連絡されているはずだけれど……。

門の様子を見るからに、検問のようなことは行われていない。

……クロードの独断の断罪だっただろうから、魔導具の使用許可が出ていない可能性は十分ありえる。通信の魔導具はマナを大量に消費するため、そう簡単に使うことはできないのだ。

ひとまずまだ大丈夫そうなので、私はほっと胸を撫《な》で下ろした。

門番も革の鎧《よろい》をつけているくらいで、そこまで重装備ではない。

未知のスキルを使う私を探しているなら、そこそこの装備は必要なはずだから。やはりなんの連絡も受けていないのだろう。

まあ、仕方ない。

堂々と「おはようございます」と言いながら門を通り抜けようとした作戦は失敗に終わったけれど、

「私はしがない街娘です。……ここから少し離れた森に薬草採取へ行っていたのですが、盗賊に襲われてしまって……。そのとき、さる高貴な方に助けられ、破れた服を哀れに思ったようでドレスをくださったのです」

道中に考えていた設定を口にする。

おそらく門番が私を高貴だと判断したのは、ドレスの質のせいだろう。普段使いではなく、貴族が夜会で着る豪華なものだからだ。

しかし私は装飾品の類をすべて外してあるので、貴族の令嬢なのに装飾品をつけていないという不思議な状況になる。

そしてもう一つは――私が黒髪だということだ。

私は自分の髪を触って、苦笑してみせる。

「貴族の方に、黒髪なんていないでしょう?」

「それは……確かにそうだな。平民でも黒髪は少ないが、お前さんみたいにまったくいない、ということはない」

黒髪というのは、魔物の色だと言われ蔑《さげす》まれている。

貴族の子で黒髪が生まれた場合は、隠されるようにして育てられることがほとんどで、殺されることも多々ある。

私の場合は殺されはしなかったけれど、家族からは常に下に見られて厄介者扱いを受けていた。

……それなのに王子様の婚約者だったのだから、悪役令嬢というのはゲームにとって本当に都合のいい存在だ。

門番は私を見て、「確かにドレスじゃなければ、街娘と言われてもさして違和感はないか?」と呟《つぶや》いている。「しかし街娘にしては美しいが……」とも聞こえてきて、思わず照れてしまった。

「まあ、問題ないだろう。通っていいぞ」

「ありがとうございます」

私は笑顔でお礼を告げて、マルルの街へ入った。

マルルの街は、赤レンガを多く使った温かみのある造りになっている。

門を抜けたすぐ先は大通りがあり、街の中央へ行くともう一つの大通りが十字交差し、東西南北の門に繋《つな》がっているようだ。

大通りには様々なお店が並んでいて、人通りが多く活気もある。

断罪されて国外を目指している身でなければ、ゆっくりできたのに……残念。

少し大通りを歩くと、服の看板がかかっているお店を発見した。

「まずは、服の調達をしなきゃね！」

『にゃう』

服屋に入ると、カウンターにいた店員がこちらを見て——慌てて出てきて深く頭を下げた。間違いなくドレスのせいだろう。

「いらっしゃいませ！」

「ごめんなさい、ドレスを着てるだけで普通の街娘なの」

私が門番にしたときと同じ理由を説明し、着ているドレスを売って新しい服を買いたい旨を伝えると、「そうだったの～！」と店員の女性はめちゃくちゃ安心したようだ。

今回売るのは、舞踏会で着ていたドレスだ。

つけていた装飾品は外してキャンピングカーに置いてある。

売らない理由は、街娘が一度でお金に換えるには不自然なほど高価なものなので、入手先を怪しまれてしまうからだ。

「すごいわねぇ。このドレス、とっても状態がいいわ」

ドレスは無事に買い取ってもらえることになったので、新しい服を何着か選ぶ。さすがに公爵家のドレスだけあって、いい値段で買い取ってもらえた。

……私のことは虐《しいた》げていたけど、王太子の婚約者として恥ずかしくないように、見た目にはかなり気遣われていたからね。

「買い取ってもらったお金で、これとこれと、それからあれもお願いします！」

「毎度どうも！」

私は二通りの服を選び、そのうちの一着に着替える。

そのまま着ていく服は、ずばり動きやすさ重視！

緑系統を基調にした服で、トップスは薄手の半そでタイプ。肩のところが開いていて、暑さ対策にも丁度《ちょうど》いい。腰には朱色の厚手の布を巻いて、その上にこげ茶のベルトをクロスさせてポーチをつけている。深緑のホットパンツと、その下にはタイツとブーツだ。

頭にはからし色のリボンがついた白いヘアバンド、装飾が付いた革ひものネックレスを選び、可愛さもプラスした。

足元がヒールではなくなっただけで、なんともいえない安心感があるね。

そのほかは、街などで買い物したり、ゆっくり過ごしたりするときに着たいちょっとしたお洒落《しゃれ》な服と、肌着類などをいくつか購入した。

「ありがとうございます！」

「私こそ、買い取ってもらってありがとうございます」

『にゃう！』

私は満足な買い物ができたので、ほくほく顔で服屋を後にした。


服装の問題が解決したので、次はやはり――朝ご飯だ‼

「おはぎもお腹空いたよね？」

『にゃうぅ』

どうやらお腹が空いたらしい。

服屋を出て何かいいものはないかなと通りを進むと、いい匂いがただよってきた。パンとお肉が焼ける匂いだ！

『にゃあぁ～！』

「うんうん、美味しそうな匂いだね！」

ということで、私たちは匂いのする方に引き寄せられるのだった。

辿《たど》り着いた場所は市場だった。

その一画で飲食の屋台があり、いろいろな人が朝食を食べている。串焼きをはじめ、サラダ、スープ、サンドイッチ、フルーツなどが多いみたいだ。

「ほうほう、これがこの世界の庶民の食事か……美味しそう」

残念ながらお米はなくて、主食はパンのようだ。

「パンの上にお肉や野菜をのせたりして、総菜パンが結構あるね」

ん～、どれにしようか迷っちゃうね。

私とおはぎは、焼いた鶏肉を野菜と一緒にはさんで販売している屋台へやってきた。甘辛ソースがかかっていて、容赦なく食欲をそそってくる。

「はあぁぁ、美味しそう！」

「らっしゃい」

「サンドイッチを一つお願いします！　それと……あれって、いただけますか？」

「ん？」

私が指差したのは、下茹《したゆ》でをしている鶏肉だ。味付けをしてしまったものをおはぎにあげるわけにはいかないが、ただ茹でただけの鶏肉ならあげても問題ない。

「この子のご飯にしたいんです」

「ああ、猫の！　もちろんいいぞ。たくさん食わせてやってくれ。まだ塩も使ってないぞ。タレがついたものをあげるわけにはいかないもんな」

「ありがとうございます！」

自分の分と、おはぎの分のお肉の代金を支払って受け取った。

それからスープを購入し、私たちは近くのベンチで朝ご飯にした。

おはぎにあげるのは、鶏胸肉と、その半分くらいの鶏もも肉だ。まだ成猫ではないので、一日数回に分けてご飯をあげる必要がある。

『にゃっ、にゃっ、にゃ〜〜っ！』

「わあ、大興奮。どうぞ、おはぎ」

『にゃ！』

屋台で借りた小さなお皿にお肉を盛ってあげると、おはぎがすごい勢いで食べ始めた。尻尾《しっぽ》をゆらゆらさせているので、美味しくてたまらないということがわかる。

「ではでは、私もいただきます！」

硬めのバンズにシャキシャキのレタスと、その上に甘辛ソースのかかった鶏肉がのっている。

令嬢をやっていたときは、とてもではないが食べられなかった料理だ。

しかし今の私は庶民！　誰に何を言われても平民だと胸を張って主張する！　ということで、気にせず大口でサンドイッチにかぶりついた。

「んっ！」

かぶりついたとたん、お肉の存在感が口内いっぱいに広がった。どうやら茹でた後に焼いているみたいで、皮の部分がパリパリだ。中から溢《あふ》れる肉汁が甘辛ソースに絡みついて、食べるのをやめられない。

一緒にサンドされているレタスは瑞々《みずみず》しくて、濃厚な味わいのソースの後味を少しだけさっぱりさせてくれる。

「ん～～、美味しい～～！」

私は美味しさのあまり声をあげるのだった。


お腹を満たした後は、日用品と食料の買い出しだ。

「せっかくだから、タープになるものがほしいんだよね」

『にゃ？』

タープというのは、簡単に言うと大きな防水布だ。

テントのようなしっかりした作りではなくて、屋根をつける……という感じだろうか。

木を利用して固定したり、今だったらキャンピングカーのドアの前やトランク部分につけたりしてもいいだろう。

しかし防水布なんて、この世界にあるのだろうか？

今まで貴族の令嬢として生活していた私は、この世界で生きていたにもかかわらずわからないことが多い。

……ゲームのときは、そんな細かいことまでわからなかったからね。

大通り沿いにあった冒険者がよく利用する道具屋に入ると、ランタンや野営用のテント、魔物が嫌う匂いのハギハギ草、革袋や短剣など冒険の必需品が並んでいた。

……ファンタジーだね。

その中に紛れて、野営で使えそうな小さいフライパンや鍋なども置かれている。荷物として持っていくこともできそうだ。

「ふむふむ……。魔導具だったり作り自体が古かったりはあるけど、日本のキャンプ道具に結構似てるところがあるね」

私はキャンピングカーがあるので、いくら荷物があっても問題はない。

まず手にしたのは、お鍋二つだ。

私とおはぎ、味付けが異なるのでそれぞれ用意するのは必須だ。

「あ、この大きな布……タープになるんじゃない？」

手に取って広げてみると、大きさは三メートル×三メートルほどだろうか。私とおはぎで使うには、十分な大きさだ。

ただ問題は、普通の布……ということだろうか。

「これじゃあ、雨が降ったときは使えないよね」

私が悩んでいると、「加工布が必要かい？」と店員が声をかけてきた。どうやら加工してくれるみたいだ。

「どんな加工ができるんですか？」

「見本があるよ」

そう言って、店員はカウンターの奥から束になった見本の布を持ってきてくれた。

厚みがある布、網目が粗く風通しがよい布、ツルツルした布など、いくつも種類がある。

「へぇぇ、面白いですね」

いろいろ触っていくと、一枚これだ！という加工の布があった。ポリエステルとナイロンの合成繊維のような触り心地で、とても軽い。

私が熱心に触り心地を確認していると、店員が説明をしてくれた。

「それはマンドラゴラの樹液を塗って加工したものだよ。材料が材料なだけにかなり高いけど、持っていて損はない品さ」

「まんどらごら……？」

あの、引っこ抜いて悲鳴を聞くと死ぬという植物かな……？

でも加工の素材として使われているのなら、それほど恐ろしい植物ではないのかもしれない。

ちなみにお値段を聞いてみたら、私が売ったドレスの残金の七割ほど。大きい布なので、それくらいはかかってしまうみたいだ。

いい値段するねぇ！

「厳しいようだったら、加工する布を小さくすれば安くなるよ」

「……いえ、このままでお願いします！」

高いこともあり、店員が心配して声をかけてくれたが私は首を振った。

これからキャンプをするならタープは必需品なので、ケチってはいけない。迷う理由が金銭的なものなら、買った方がいいと思っている。

まだ売っていない装飾品もあるし、家から持ってきた私のお小遣いもある。隣国に行って独り立ちの目途を立てるまでならば、問題はないだろう。

「大丈夫です！　加工をお願いします！」

「毎度あり！」


布の加工には少し時間がかかるということなので、後で引き取りにくることになった。なので、今のうちに食料品を買うことにする。

「まずはやっぱり――お肉!!」

これは絶対に外せない。

精肉店へ行くと、動物と魔物の肉の両方が売っていた。お値段的には、安い魔物の肉、一般的な家畜の肉があり、その後に値段が上がってまた魔物の肉がある。

肉を見ながら、さてどれがいいかなと物色を始める。すると、肩に乗っていたおはぎが私の顔に頭を擦《こす》りつけてこっちを見てきた。

『にゃ～！』

「おはぎはこれがいいの？」

『にゃうぅん～』

とても可愛いお返事がきた。

おはぎが選んだのは、鶏もも肉だ。

「じゃあこれを買おうかな。あと鶏胸肉も買っておこう」

おはぎのお食事のために、精一杯頑張らせていただきますよ！

ほかには牛肉とソーセージと干し肉を購入し、精肉店を後にした。これで美味しいお肉を食べられるね。

冷蔵庫代わりの魔導具も売ってはいるけれど、高いので今は保留。生のお肉は今日中に食べる予定だ。

ほかにも塩などの調味料もあったため、目についたものを購入していく。

「あとは野菜を買えば食料は大丈夫かな？」


青果店へ行くと、ミツナスという初めて見る野菜が売られていた。

色は淡い黄色だけれど、形がナス。淡い黄色バージョンのナスというのが一番近いだろうか。

貴族だったけれど嫌われ悪役令嬢だった私は、家ではまともな食事は出なかった。美味しい料理はもっぱら夜会のビュッフェだったけれど、そのときにも見た記憶はない。

……これからは知らなかった食材を知れるってことだよね？　楽しみすぎる。

「すみません。これって、どうやって食べるんですか？」

私は野菜を並べている店員に声をかけた。

「ああ、これは輪切りにして焼けばいいのよ。パンにのせて食べてもいいし、チーズと一緒に焼いても美味しいわよ。中に蜂蜜が入っていて、それが調味料の代わりになってるの」

「へえぇぇぇ～！」

世の中には面白い野菜があるものだ。

私はミツナスと、キャベツやレタスなどの葉野菜を少しと、保存がきく玉ねぎや、根菜類を多めに購入した。

ちなみにその後はダッシュでチーズを買いに行った。チーズは忘れちゃ駄目、絶対！


荷物が重くなってしまったので、私は一度街の外へ行ってキャンピングカーに荷物を積み込んで道具屋に戻ってきた。

「待ってたよ。いい感じに加工できたと思うけど、どうだい？」

「わあ！　最高の手触りです!!」

これならキャンピングカーのドアの外あたりをリビング的なスペースにすることもできるだろう。夢が膨らむ。

私は布のほかにも、目をつけていた小さめの調理器具や食器類をはじめとして、こまごまとした冒険必需品と思われるものを購入することにした。

これで、いつでもキャンプができるはずだ。

あとは……。

「この短剣も一緒にお願いします」

「はいよ」

ここは武器屋ではないけれど、小さい短剣は売っていた。今のところ魔物と戦う予定はないけれど、これくらいは持っていた方がいいはずだ。

……旅をするんだから、ずっと安全な街中にはいられないもんね。

初めて持った短剣は、ずしりとした重さがあった。

こうしていろいろと買い物を終えた私は、再びキャンピングカーで走り出した。

隣国までは、あと一日か二日で到着するはずだ。そうしたら、もっとのんびりすることもできるだろう。

「よーし！　かっとばすよ、おはぎ！」

『にゃっ！』

私とおはぎは運転席で、おー！と拳を上げた。

キャンプの始まり　～牛肉とミツナスのとろりチーズのせ＆玉ねぎの包み葉焼き～

昼間の街道は、旅人や冒険者、馬車が多く行きかう。

さすがの私も目立つのは避けた方がいいとわかっているので、街道から少し外れた草原の中をキャンピングカーで走っている。

最初は石などが落ちているから問題なく走れるか不安だったけれど、このキャンピングカー、めっちゃしっかり走る……！

おはぎは助手席ですやすやしております。寝顔が最高に可愛い。キャンピングカーに怯《おび》えることもなく、こうして落ち着いていてくれるのは嬉《うれ》しいね。

しばらく走っていると、インパネから《ピロン♪》と音が鳴った。

「よしきたレベルアップだ！」

《レベルアップしました！　現在レベル４》

草原のど真ん中なので気にせずキャンピングカーを停めて、インパネからレベルアップの状況を確認する。

レベル4　簡易キッチン設置

「これは‼」

今までは簡単な水道設備しかなかったけれど、ついに、ついに……我が城にもキッチン様が設置された‼

私は靴を脱いで、さっそく居住スペースへ移動する。

すると、簡易水道があった周辺が簡易キッチンになっていた。

水道はシンクになっていて、その横はまな板などを置けそうなちょっとした作業スペースがある。

一番奥にはコンロが一口ついていた。

そして小さいが冷蔵庫もついていた！　急いで購入したお肉を入れて、一安心だ。一応、早めに食べる予定ではあったけど……やっぱり常温保存は不安だからね。

周りにも食器をしまえそうな棚や、調味料ラックが追加されている。

そして今まであった簡易水道は、出入り口とトイレのドアがある靴箱のところに移動している。

帰宅時とトイレの後、すぐに手を洗えるという配慮をしてくれるとは……すごいな、キャンピングカー！　優秀すぎる。最高。

「せっかくだし、ここでお昼ご飯にしようかな？」

『にゃっ！』

ご飯という言葉に反応したのか、おはぎがやってきた。今まで助手席で寝ていたからか、うにゃあぁぁんと鳴きながら欠伸《あくび》してるのが最高に可愛いです。


まず作るのは、おはぎのご飯。

買ってきた鳥むね肉の皮を取り、観音開きにする。これで下処理は終了だ。

マルルの街で購入したお鍋に鳥むね肉と水を入れて、火にかける。

簡易キッチンはＩＨ仕様に見えるんだけど……たぶん私のマナ仕様だろう。

「ガスっぽい感じで火が出たら嬉しかったんだけど、まあ仕方ないか」

サバイバルといえば水と火がとても重要になってくる。

特に焚《た》き火をしてみたい私は、キッチンから火種を拝借できたら……なんて思っていたけれど、そう上手くはいかないみたいだ。

ご飯にしようとおはぎに言ってしまったけれど、できあがりまでまだちょっとかかってしまう。

調理時間のことをあんまり考えてなかった……すまぬ、おはぎ。

お鍋が沸騰したので火を止めて、あとは余熱で中まで火を通せばおはぎのご飯は完成だ。一時間は置きたいので、かなりまたせちゃうね。本当にすまぬ、おはぎ。

「そうだ！　せっかくだから、焚き火もしちゃおうかな⁉」

上手くできるかはわからないけど、やるだけやってみよう。

ということで、トランク部分に積んである荷物をいくつか持って外に出た。一番に使わなければいけないのは、魔物が嫌う匂いがするハギハギ草だ。

「使い方はちゃんと聞いてきたもんね」

専用の小瓶の中に入れて、火をつける。

それだけで、一束なら数時間、二束あれば一晩は持つのだと教えてくれた。

「って、火がないんだった！」

でも大丈夫、ちゃんと火をつけるための道具も買ってきたからね。

火花を散らす着火石という魔石を加工した魔導具だ。これを二つぶつけ合うことで、火花を散らし、火種を作ることができるのだ。

一応もっと便利な魔導具もあったけど、キャンプ動画を見て焚き火の着火に憧れてしまった私は一番原始的っぽい道具を選んでしまったのである。

「ということは……薪集めをしなきゃだ」

幸いここは草原で、細かい木の枝や葉などはたくさん落ちている。焚き火をするための枝はすぐに集まるだろう。

「なんだか楽しくなってきたぞ～！」

『にゃ～！』

私はおはぎと一緒に、枝拾いを開始した。

焚き火に適している薪は、ざっくり言えば乾燥しているもの。厳密にはより適している種類の木などもあるらしいが、残念ながら私にはそこまでわからない。

「あ、これなんかいいんじゃないかしら？」

『にゃう？』

私は落ちていた小枝を手に取ってみる。

とても軽いし、十分に乾燥している……と思う。試しに手で折ってみたら、パキッといういい感じの音と、おはぎの『にゃっ！』という声がした。

「わー、ごめん！　びっくりさせちゃったねおはぎ」

『にゃう……』

私の肩に乗っていたおはぎがびっくりして一瞬で私の頭の上に登ってきていた。瞬間移動したのかと思っちゃったよ。

おはぎはときおり、気配なく移動してることがあるんだよね……。

「うん、これよさそう！」

私は似たような小枝を拾っていくことにした。

もし雨が降るようなことがあるといけないから、多めに拾ってトランクに積んでおくのがいいかもしれないね。

それこそ、お店に売ってる薪みたいに麻縄で縛って積んでおきたい！　あの状態の薪の束を見るとテンションが上がるのは、私だけだろうか？

小枝を拾い終わると、次は太めの枝はないだろうかと周囲を見回す。

「細い枝ばっかりだと、すぐに燃え尽きちゃうだろうし……」

太い薪がなければ、焚き火を長時間保つのは難しい。

ほかにも、太い薪ならいろいろな組み方をして、その上にお鍋を載せてスープを作る！　なんてこともできるかもしれない。

「あ、でもそうすると鍋の底が焦げちゃうから、何かの道具で吊《つ》るした方がいいかな？　フライパンで軽い炒《いた》め物をするくらいなら、大丈夫かなぁ？」

うーん……。

キャンプはなかなか奥が深そうだ。


しばらく歩いていると、おはぎが『にゃっ』と鳴いた。

「おはぎ？」

私が不思議に思って鳴いた方を見ていると、なんと草原の草がガサガサッと動いているではありませんか。

「え……？」

思わず後ずさる。

そうだ、この世界には魔物が存在するのだった。……でもたぶん、あの揺れは猫が隠れてるんだと思う。絶対。

どうしよう。

一応腰には購入した短剣を差しているけれど、今は木の枝を切ったりするために使おうと思っていたわけで……つまりその、あの草の向こうにいるのは猫ちゃんだ。

と自分に言い聞かせていたけれど、草の隙間からスライムが出てきてしまった。

「スライム!!」

『にゃにゃっ！』

初めて見た!!

スライムは半透明の薄水色の生物で、つぶらな瞳はちょっと可愛い。

この世界に生まれて一八年。外に出る機会なんてまったくなかったので、私は魔物を見たことがなかったのだ。

魔物と対峙《たいじ》したのは、プレイヤーとしてヒロインをしていた前世のときくらいなわけで……。

ただスライムは最弱の魔物と呼ばれていて、子供でも倒せるのだという。

不安には思いつつも、これぞ冒険という感じがしてテンションは上がる。

「もしかして私でも倒せる……かな？」

ちなみに私はクソ雑魚《ざこ》なので、スライム以外の魔物が出てきていたら詰んでいたかもしれない。

……草原あたりだと、ほかには角ウサギやミツスキーが出てくるはずだ。

角ウサギは角が生えてるウサギの魔物で、ミツスキーはこのゲームのマスコット魔物みたいな位置づけにある、蜂蜜が好きという設定の可愛い魔物だ。

両方とも強くはないけれど、私よりは強い。

スライムは体の中に核というものが存在していて、それを斬ったり突いたりして破壊すれば倒すことができるのだという。

よく見ると、薄水色の粘液の中に丸いものが浮いている。

「あれが核ってやつかな？　……よし。おはぎ、ちょっと地面に下りて待ってて」

『にゃっ』

私はおはぎに頭の上から下りるように促して、短剣を構えてスライムを睨《にら》みつけた。

「すーはー、すーはー。大丈夫、スライムだったら私にも倒せる！」

私はぐっと短剣を握り込み、恐る恐るスライムへと近づいていく。気合は入れたけれど、私は走っていって斬りつける主人公タイプではないのだ。

すると、スライムも動きを見せた。

のろ……。

のろのろ……。

「…………遅っ！」

五倍速再生くらいしたいと思ってしまうほどの移動速度だった。これはスライムが雑魚と呼ばれてしまっても仕方ないかもしれない。

のろり……。

「こんなにゆっくり歩かれると、逆に申し訳なくて攻撃できないよ……」

のろのろ……。

どうしよう。

見逃してあげた方がいいのだろうか。そんなことを考え始めたとき、おはぎがトットットッとスライムの方へ歩いていって――ザシュッ！

「おはぎ⁉」

『にゃふっ！』

鋭い爪でスライムを核ごと引っ掻《か》いて倒してしまった……‼

「おはぎ、強い……」

そうか、これが弱肉強食というものなのか……。私はまた一つ、旅に出て自然の摂理を学んでしまったようだ。

スライムさんのことは綺麗《きれい》さっぱり忘れることにして、念願の焚き火を始めることにした。

「さてと……」

キャンピングカーのところへ戻ってきた私は、まずは軽く草むしりをする。さすがに草原の草の上で直接焚き火はできないからね。

購入しておいた木のスコップで軽く地面を掘ってくぼみを作り、拾ってきた木の枝を重ねていく。太めで大きいものは下にして、その上に細いものを置いていく。

いい感じに木の枝を積み上げたら、次は火種を作らなければいけない。

「動画だと、木の枝をナイフで削ってたんだよね。確か、フェザースティック、だっけ？　彼岸花

みたいになって、結構可愛い仕上がりだったんだよね」

短剣で削るくらいだったら、刃物に不慣れな私でもできそうだ。

左手で木の枝を持って、右手で短剣を持って……いざ！

自分の手元方向から先へ向け短剣で枝の側面を削っていく。鰹節《かつおぶし》を削るのにちょっと似てるかもしれない。ちょっとだけ。本当にちょっと。

それを何回か繰り返すと、削った部分が枝の先に集まってくるんとなり、花みたいになるのだ。ここの削った部分が、いい仕事をして焚き火へと導いてくれるらしい。

「よし、できた！」

最初は可愛くできるかなと思ったけれど、不慣れな自分がやったせいでいびつなフェザースティックになってしまった……。

ただ一つでは心許ないので、それを五本ほど作ったらまあまあ慣れてきて楽しくなった。

ということで、下準備はこんなものでいいだろう。

私は作ったフェザースティック三つを組んだ木の上に置いて、もう一つは中の方へ押し込んでみる。これくらい入れておけば、いい感じに燃えるのではないだろうか。

「おはぎ、火をつけるからちょっと離れててね。熱い熱いなんだよ」

『にゃうー？』

おはぎを持ち上げて、焚き火予定地から少し離れたところに下ろしてあげる。これなら大丈夫だろう。

私は着火石を取り出して、木の枝を組んだ上でカシッカシッと擦《こす》り合わせるようにぶつけ合った。

すると、パチッと火花が飛んで、それがフェザースティックへ移った。

「お？　お、おお……？」

火花らしきものは、フェザースティックのわさわさっとした部分に潜り込んでいってしまった。

……大丈夫かな？

「失敗？　成功？　どうなってるんだろう」

私が心配になってそろっと覗《のぞ》き込むと、いきなりボッと音を立てて燃え始めた。

「うひゃっ――あっちぃ!!」

『シャーッ！』

私がびっくりしたからおはぎもびっくりしてしまったみたいだ。

「ごめんごめん、おはぎ！」

『にゃふ』

「……って、きゃー！　私の前髪ちょっと焦げてる!!」

なんてこった。

焚き火を召喚するために自分の前髪を捧《ささ》げなければいけないなんて、知らなかったよ……。

ひとまず魔物避《よ》けをしなければいけないので、ハギハギ草を瓶に入れて火をつけておく。

「でもせっかくだし、髪の毛……切ろうかな」

令嬢をやっていたので、生まれてからずっと長い髪だった。なので、ばっさり切ってボブくらいにしてもいいかもしれない。

まずは前髪を切ろうと思ったけど、そういえばハサミがなかった。

「うーん……。まあ、なんとかなるかな？」

仕方ないので短剣で髪を切ってみる。

ちょっとずつやれば意外となんとかなるもので、前髪は眉毛の上、腰まであった長い髪は肩上くらいの長さで切り揃えることができた。

……まあまあいい感じかも。

ということで、かなりサッパリした。

「これで髪の毛洗うのと乾かすの楽になっていいなぁ」

あとはこれ以上燃やさないように気をつければ大丈夫だ。さすがに坊主にはなりたくないからね。


「は～～、焚き火よき」

パチパチと燃える音と、揺らめく炎。それを見つめているだけで、なんとも落ち着いた気分になれるから不思議だ。

きっと今、すごく贅沢《ぜいたく》な時間を過ごしているのだと思う。

ぼーっとすることって、あんまりなかったもんね。

「今ならすごくキャンプしてた人の気持ちがわかる」

思い出すのは、前世のことだ。

キャンプにも種類があって、みんなでワイワイ楽しむオーソドックスなもの、コテージに泊まるもの、料理もすべて用意されたグランピング、一人で楽しむソロキャンプなど様々だ。

「おはぎが一緒ではあるけど、状況的にはソロキャンプだよね」

世間の人間関係を一切考えなくていいソロキャンプは、前世で社畜だった私にも、悪役令嬢になってすべての人に嫌われていた私にも、とても合っていると思う。

一人でゆっくりする時間って、大切なんだなぁ……。

『にゃう……』

「おはぎ？」

ふいにおはぎがすり寄ってきたかと思ったら、くあああぁと大きな欠伸をして、私の膝で丸まってしまった。可愛いの最高潮かよ……。

目の前には焚き火があって、膝にはおはぎがいて撫《な》でたらもふもふで……最高にたまらんのですが。幸せすぎて死んじゃいそうだ。

おはぎを撫でると寝ながらゴロゴロ喉を鳴らしてくれる。なんとも器用だ。さらに撫で続けると、おはぎはくるりと体を回転させて仰向けになった。

「これはお腹を撫でてくれということ……⁉」

はあ～～～なんでこんなに可愛いの～～～～～⁉

もちろん全力で撫でる。

もふもふもふ。

「……あ」

おはぎを撫でくり回していたら、焚き火の薪が減ってきている。私は横に積んでおいた木の枝を手に取り、追加で焚き火へくべていく。

これもやってみたかったんだよね。

燃えた木の枝が崩れるのを見て、追加していく。

焚き火に木の枝をくべる作業、永遠にできそうなくらい楽しい。

「って、ご飯も食べなきゃだ」

『にゃ⁉』

おはぎがご飯という単語に反応して起きてしまった。

そろそろおはぎ用に茹《ゆ》でている鶏肉も完成すると思うので、私の分のご飯の準備に取りかからなければ。

「ごめんごめん、もうすぐできるから、あとちょっとだけ待ってね」

『にゃ』

私がおはぎを撫でてあげると、仕方がないなぁとばかりにまた丸まってしまった。どうやらもう少し待っていてくれるようだ。

「私はせっかくだから、焚き火で調理だっ‼」

使う食材は、マルルの街で買ってきたミツナス。

これはこのまま焼いて食べてもいいし、別の食材と一緒に使ってもいい。パンにのせても美味しそうだから、割と万能食材かもしれない。

キャンピングカーから食材と調理器具を持ってきて、いざ！

「初めての自分だけのキャンプ飯、ドキドキしちゃう」

牛肉を食べやすく一口サイズに切る。それでいい感じに塩コショウをパラパラして……っと。

「まずは小さなフライパンに牛肉をのせて、カリッとするまで焼く」

お肉が焼けてくると、ものすごいいい匂いがしてきて……もうこのまま食べていいんじゃない？と思ってしまう。

「しかし駄目、まだ我慢だ」

私はお肉の上に輪切りにしたミツナスをのせて、蓋をしてちょっと蒸し焼きにする。ナスがとろりとしたらその上にチーズをのせて、また蓋をする。

これでしばし待てば完成だ。

しかし私のキャンプ飯はこれだけでは終わらない！

「もう一品作っちゃいます！」

用意したのは玉ねぎ一つと、道具屋で買ってきた包み葉だ。

包み葉というのは、丈夫で万能な葉のこと。比較的どこにでも生えていて、その葉はお皿の代わりにしたり、燃えづらいのでアルミホイルのように使ったりすることができるらしい。

「こんな便利な葉っぱ、買うしかないよね」

ということで、何枚か購入してある。

「っと、玉ねぎだった。真上から、皮のまま十字に切り込みを入れて、バターをのせる。それから塩コショウをして、包み葉でくるんで焚き火の火が弱めのところに……入れちゃう！」

そして一〇分ちょっと待つ。たったこれだけで、とっても美味しく玉ねぎが食べれちゃうのだ。


自分のご飯はもうできあがるので、その間におはぎの鶏肉の準備に取りかかる。

鶏肉を取り出して短剣で切ってみると、中までしっかり火が通っていて柔らかい。

「うん、いい感じ！」

しかし包丁を買っておかなかったのは失敗だったなと反省する。せめて短剣を買っておいてよかったと思うしかない。

次の街に着いたら買う物リストに入れておかなければ。

おはぎが食べやすいよう一口サイズにほぐして、お皿に盛れば完成だ。

鶏肉を茹でただけだけど、結構いい匂い——と思ってキャンピングカーを出たら、『にゃっ!!』ともののすごい勢いでおはぎが駆けてきた。

「おはぎ!?」

『にゃにゃっ』

おはぎはやってくると、一目散に鶏肉に近づいてきた。鼻をふんふんさせて、食べたいのだと尻尾《しっぽ》をゆらゆらさせている。

……そんなにいい匂いだったんだ。

「大丈夫だよ、これはおはぎの分だからね。外で一緒に食べよう」

『にゃっ！』

私がお皿を持って焚き火の前へ向かうと、上機嫌のおはぎがついてくる。

「可愛すぎでは……？」


焚き火で作っていた私の料理、まずは一品目――牛肉とミツナスのとろりチーズのせ！

フライパンの蓋を取るとチーズがとろりと溶けた匂いが広がってきた。具材から落ちてフライパンについてしまった部分はカリカリになっていて、これまたテンションが上がる。

チーズはどうやって食べても美味しいからね……！

私はフライパンから直で食べるので、お皿の必要はナシ！

面倒だからではない。これがキャンプの醍醐《だいごみ》味であると私が勝手に思っているからだ。

「それじゃあ、いただきます！」

『にゃっ！』

私がいただきますと言い終わるより早く、おはぎがお皿に顔を突っ込んでいった。よほど鶏肉が食べたかったらしい。

……私のご飯ができるまで待たせちゃってごめんね……。

おはぎが美味しそうに食べるのを眺めつつ、私も自分のご飯に手をつける。

ちなみに購入しておいた食器は、木製のスプーンです！　牛肉はすでに一口サイズに切って料理

してあるので、すくえば食べれるお手軽仕様‼

スプーンですくうと、とろけたチーズがこれでもかと伸びて主張してきた。そんなチーズの隙間から、焼けた牛肉とミツナスが覗いていて、食欲をそそられる。

ぱくりと口に含むと、チーズの熱さではふっとなった。

「あっふいけど、ん～～～美味しいっ！」

カリッと焼けた牛肉に、ミツナスの柔らかさと甘さ。じゅわりと出てくる肉汁が絡まると、まるで完成された甘いソースのような味わいがある。

「ミツナスの中に入ってる蜂蜜が、めちゃくちゃ美味しいんだけど⁉　すごくファンタジー食材‼」

単品で売っている蜂蜜のような濃厚な甘さではなく、さっぱりした甘さだ。そのため、甘すぎずいくらでも食べることができてしまう。

次はカリカリに焼けたチーズ部分と一緒に食べると、カリッとした食感が柔らかなミツナスのアクセントになっていた。これも美味しい。

カリカリチーズは味が濃厚になっているので、単品でも食べたいくらいだ。

「明日の朝はパンにのせて焼いてみよう」

すっかりミツナスの虜《とりこ》になってしまった。

私がそんなことを考えていると、隣から『にゃふ～』と満足げな声が聞こえてきた。

「おはぎも完食だね。ごちそうさま」

『にゃふ』

おはぎはいっぱい食べて満足したようで、私の横にピッタリくっついて丸まった。どうやら食後のくつろぎモードに入ったらしい。

「美味しいご飯を食べて、焚き火の前でまったりする時間……いいね」

しかし私には、まだ二品目がある！

そろそろ時間的にもちょうどいいので、木の枝を使って焚き火の中から葉に包まれた玉ねぎを救出する。

「すご、ちょっと焦げてるけど葉っぱは無事だ」

私は道具屋で購入しておいた厚手の手袋をつけて、包み葉から玉ねぎを取り出す。しんなり飴色《あめいろ》になっていて、ちょうど食べ頃だろう。

「ん～、これは背徳的な匂い！」

焼いた玉ねぎの甘い香りって、どうしてこんなにも美味しそうなんだろう。

飴色の玉ねぎをスプーンですくい、ふーふー冷ましてからぱくりと食べる。塩コショウがバターの風味をよりいっそう引き立ててくれていて、くどすぎずちょうどいい。

「でも、シンプルな味付けが玉ねぎの甘さを引き立ててくれてるね」

大自然で食べるご飯はどうしてこんなに美味しいのだろうか。

私は余すことなく、玉ねぎも堪能した。

パチパチ燃える焚き火に枝を追加でくべて、まったりモードに入る。

「ああでも、どうせならクッションとか買っておけばよかったなぁ」

まだ隣国に出ていないので、元々街に長時間滞在するつもりはなかったのだ。ただ、追手は来ていないようなので、道中は急ぎつつもしっかり休憩を取るようにしている。

隣で眠るおはぎを撫でて、私も少し目を閉じる。

今回はスライムとの遭遇、念願の焚き火、一人キャンプ飯、初めて尽くしで一つ一つに時間がかかってしまった。

「……次はもう少し早くできるかな？」

目を閉じながらそんなことを考えていたら、私もうとうとし始めて……おはぎと一緒に眠ってしまった。


「ぶえっくしょっっ！　さっむ‼」

うおおおお、寒くて思わず目が覚めてしまった。

周囲を見るとすっかり日が落ちていて、かなり長時間寝落ちしていたことがわかる。

「……って、外じゃん！　そういえばおはぎと一緒にうたた寝しちゃったんだっけ……」

体が疲れていたことや、街で何事もなく買い物ができて安心したことなど……いろいろ理由も重なったのかもしれない。

目の前の焚き火を見てみると、もう完全に火が消えてしまっている。あわわわ、これじゃあ寒いわけだよ……。

「うぅ、かなり疲れてたみたい」

私はくあぁぁっと欠伸をして、おはぎを抱き上げる。さすがにこのまま外で寝るわけにはいかないので、いそいそとキャンピングカーの中へ移動する。

『んにゃ』

「おはぎも眠いよね……。まだ夕方過ぎくらいだけど、キャンピングカーの中で寝ようね～」

『にゃー』

私はおはぎを下ろすと、急いでテーブルを収納してベッドへ仕様チェンジする。やはり足を伸ばして眠れるのは正義だ。

そして好きな時間に寝ることができるのも最高だ。

街で買ってきたラフなものをパジャマに決めたので、それに着替えて簡易水道で歯磨きをしてそそくさと布団に入った。

おはぎがくっついて寝てくれたので、とても暖かくて快適だ。

「おやすみ、おはぎ」

『にゃう』

私は幸せを感じながら、寝落ちの昼寝の続きを堪能することにした。

キャンピングカー間取り

Lv4
軽キャンパーバージョン

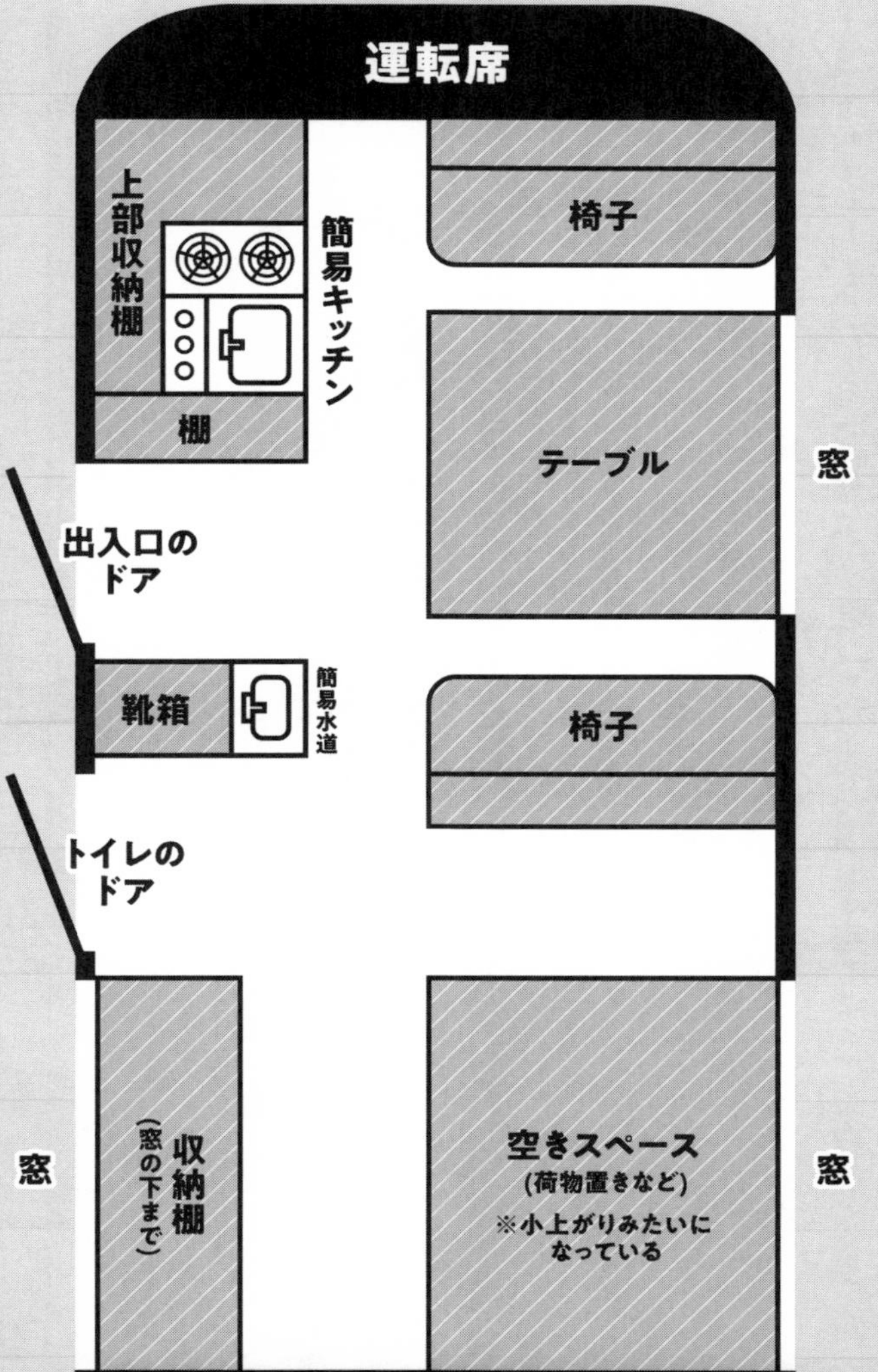

セルフ国外追放達成！

翌日も、私はブロロロ……とキャンピングカーを走らせる。実はあと少しで隣国の国境に辿《たど》り着くのだ。

隣国の名前はシーウェル王国。

国土は広いけれど、ダンジョンや強い魔物の住む場所が多いため、誰の手も入っていない未開の地がほとんどだという。

しかし冒険者は多く、街は活気があって人も多いのが特徴だ。

つまり私のような人間が街へ行っても、そんなに目立つことなく溶け込むことができるだろうと予想している。

賑《にぎ》やかそうなところだから、楽しみなんだよね。

インパネに表示された地図を見ると、国境門まで目と鼻の先だ。

「っと、そろそろ歩いて移動しようか。おはぎ、起きて～」

『うな～ん』

助手席ですやすやしていたおはぎを起こし、私はキャンピングカーをしまってのんびり街道を歩き始めた。

数十分ほど歩くと国境に到着した。

大きな門があって、数人の兵士が通行人のチェックをしている。

徒歩の人は身分証を見るだけの簡単な確認で、馬車の人は積み荷の確認があるみたいだ。

といっても、そんなに時間がかかっているわけではない。早ければ一分、馬車の積み荷を確認しても一〇分かそこらという感じだろうか。

これならすぐにでも国境を越えられそうだ。

そう思ってルンルン気分で列に並んでいたんだけど——気づいたら別室に通されていました。


「えー……。ミザリー・クラフティア様でお間違いないですか……？」

「……そうですね」

私は緊張している様子の兵士の問いかけに、素直に頷《うなず》いた。

マルルの街には私の連絡はいっていなかったけれど、さすがに国境には連絡がきていたようだ。

説明が省ける点はちょうどいいかもしれない。

一応、私は自分の身分証を持っている。

それを見せなければ、私がきちんと国外追放されたことが国に伝わらず、面倒なことになってしまうからだ。

……さっさと国外追放してくれたらいいんだけど。

「何か問題がありますか?」

『にゃ?』

私とおはぎが首を傾げて問いかけると、兵士は「いえ!」と首を振った。あれ? 特に問題はないらしい。

「いえ、あの……国境にも、連絡はきていますから……。もしかしたら、ミザリー様が来られるかもしれない……と」

やはり予想通り、連絡がきていたらしい。

「まあ、国外追放を言い渡されましたからね」

「その、もっと憔悴《しょうすい》されているかと思いました」

「ああ……」

もしかしたら、クロードから婚約破棄をされ国外追放されることになった、弱った私を嘲笑《あざわら》うように命令でもされていたのかもしれない。兵士って大変な職業だね……。

「えーっと……。特になければもう行きたいのですが、いいですか?」

「は、はい。お時間を取らせてしまい、すみませんでした」

「いいえ。お仕事ご苦労様です。ありがとう」

私がおはぎに「行こう」と声をかけると、ぴょんと肩にジャンプしてきた。可愛いけど、勢いがあると地味に重みが肩にのしかかる……っ!

それからすぐに部屋を出たため、私はその後の兵士の呟《つぶや》きは聞こえなかった。

「……憔悴しきっているだろうから保護を……と聞いていたが、その必要はない……という判断で大丈夫だよな……？」

「は〜〜、やっと隣国！　セルフ国外追放達成だ〜〜〜〜!!」

国境門をくぐってすぐに、私はぐぐーっと伸びをした。なんだか、いろいろなことから解放されたような、爽やかな気分だ。

「もう国には戻れないし戻るつもりもないから、いろいろなところを旅してみよっか。のんびりキャンピングカーで生活するのも楽しいし。どうかな、おはぎ」

『にゃぁ〜！』

最初はおはぎが環境変化でストレスを抱えてしまうかも……と心配していたけれど、私と同じで家を出てからの方が生き生きとしている。

もしおはぎがキャンピングカーにストレスを持ったら、どこかで家を借りて生活することも考えたけれど、その必要はなさそうだ。

ということで、私は前世のときに夢見ていたのんびりスローライフ生活を送ることに決めた。

さすがに国境門の近くは人が大勢いるので、キャンピングカーを出すのには適さない。とはいえ、もう隣国なので急ぐ旅でもなくなった。

一〇分ほど歩いたところに国境の街があるので、そこで少しだけゆっくりするのもいいだろう。

「買いたいものはいっぱいあるんだよね。包丁とクッションは必須だし、タオルとかの生活用品もほしいんだよね」

この先スキルレベルが上がってきたら、キャンピングカーも大きくなっていくかもしれない。それを考えると、食器類も充実させていきたいところだ。

でも食器類って、何セットずつ買えばいいんだろう？　揃《そろ》っていた方がお洒落《しゃれ》だけど、使うのが私とおはぎの二人と考えると……うーん。

トリシャたちみたいな出会いや、もしかしたらお客さんを招くこともあるかもしれないから、五セットくらいずつあってもいいかもしれないね。

新生活のことを考えるのって、なんでこんなに楽しいんだろう。

う～ん、ほしいものが多すぎる。

「おはぎのおもちゃも買ってあげたいし……」

でもこの世界って、ねこじゃらし的なものは売っているんだろうか？　そういうお店は見たことがないので、手作りする必要があるかもしれない。

「あれ？　あっちの方に歩いていく人が多いね」

『にゃ？』

国境門から続く街道はまっすぐ右手にある街に伸びているんだけど、何人かの人たちがその手前の左手にある草原の中へ入っていく。

行き先は……丘の上みたいだ。

よく見ると、人が通っている草原は踏み慣らされた跡がしっかり残っている。定期的に通る人が多いのだろう。

「……私たちも行ってみようか」

『にゃ！』

好奇心に駆られた私は街道から外れて、草原の道を歩き始めた。

子供からお年寄りまで、いろいろな年齢の人が同じ方向に向かって歩いている。何があるのだろう？

数分ほど歩くと、その答えがわかった。

一面に、黄金色が広がっていた。

「わぁあ！　一面の花畑だ‼」

『にゃあぁ〜！』

丘の上に着くと、向こう側一面に花が咲いていたのだ。黄色の花が風に揺れ、その間にはシロツメクサも咲いている。まさに圧巻。

これはいい観光名所だね！

『にゃっ、にゃっ！』

「おはぎ？」

突然興奮したおはぎが走り出したので、私は慌てて後を追いかける。何事かと思ったら蝶々《ちょうちょう》が飛んでいたみたいだ。

「きゃー！　駄目、蝶々を狩らないで～！」

私は慌てておはぎを抱っこして、ふうと息をつく。

ネズミあたりならいいかもしれないけれど、さすがに蝶々はね……うん。観光客はほかにもいるから……。

おはぎはちょっと不貞腐《ふてくさ》れた様子を見せつつも、蝶々を狩るのはあきらめてくれた。よかった。

もう少しのんびり花畑を見てから移動しようかなと思っていると、「いらっしゃい～！　蜜ジュースはいかがですか～」という声が聞こえてきた。

「蜜ジュース？」

なんぞそれはと声のした方を見ると、屋台があった。どうやら花畑を見に来た人をターゲットにお店を出しているらしい。

売っているのは、この花畑に咲いている黄色の花から取れた蜜をソーダ水で割ったジュースのようだ。

何それ絶対に美味しいやつだよ……！

私はさっそく蜜ジュースを購入してみた。黄金色の液体が炭酸でシュワシュワしていて、コップの縁には花が一輪ついている。

「お洒落～！」

まさに映《ば》えというやつだろう。

さすがにおはぎに飲ませることはできないので、水筒で持参している水を飲ませてあげた。嬉《うれ》しそうに飲んでいるけれど、私の蜜ジュースへ向けられたおはぎの視線が痛い……。

蜜ジュースは爽やかな甘い香りがしていて、男女共に飲みやすそうな印象を受けた。

こくりと一口含むと、シュワッとした強めの炭酸が鼻を抜けていく。その後、口の中いっぱいに花の蜜の味が広がっていく。

「ん～、美味しい！」

炭酸ということもあって、そこまで濃い甘さではない。ほのかな甘みの後味はちょうどよくて、何杯でも飲めてしまいそうだ。

一面の花畑を見ながら、その花の蜜ジュースを飲む……なんとも至福な時間だ。私はのんびり花畑を堪能してから、街へ向かった。

隣国最初の街は、トットという名前の街だった。

名産物は石鹼《せっけん》やオイルのようで、それらを取り扱うお店が多いようだ。そういえば貴族時代、実家でもトットから仕入れていた石鹼を使っていたような気がする。

『にゃう～』

「この街はいい香りがするねぇ。石鹸の香りだけど……おはぎは大丈夫……そうかな?」

もしかしたら猫の苦手な匂いがあったかもしれないと思ったが、おはぎの様子を見る限りでは問題なさそうだ。

でも、猫はハッカの匂いとかアボカドの匂いとか、駄目なんだよね。そこは私がしっかり注意しなければ!

あとは……隣国に入ったので収入もどうにかしていきたいところだ。

今は持ち出したお小遣い、ドレスを売ったお金の残りが少しと、まだ売っていない装飾品がいくつか残っている。それを当面の生活費にして、もっと遠くへ行きたい。

あまりリシャール王国の近くにいたくないし、いろいろ旅をして世界中の食材でキャンプ飯を作ってみたいからね。

私の野望は無限大だ……!

というわけで、この街では石鹸、包丁、クッション、それから麻縄やらキャンプに使えそうなものや、食料品をいくつか買い込むだけに留めた。

国境に私の情報を持つ兵士がいるというのも、居心地が悪いからね。

ちなみに石鹸は花畑の花を使って作られているものがあったので、それにしました。

ブロロロ……とキャンピングカーで草原を走り始めると、遠目には大きな山々が、左手には森が見えた。

高く飛んでいる鳥のピューイという鳴き声が、開けた窓から聞こえてくる。おはぎが『にゃっ⁉』と反応して、じっと窓の外を見ているのが可愛い。

「大自然だねぇ」

『にゃっ』

今日はこのまま森沿いを走って、乾いた木の枝を拾って薪としてストックするのがいいかもしれない。

焚《た》き火、サイコー！

隣国に到着したので、私の本当の旅はここから始まるのだ――！

閑話　クロードの今

父上の重厚な執務室に、深いため息が落ちた。今、ここにいるのは俺と父上の二人だけだ。

「クロード、お前はなんてことをしてくれたんだ」

責めるような父上の言葉は、俺がミザリーに婚約破棄を突きつけ、国外追放だと告げた件のことに対してだ。

「ミザリーは公爵家の令嬢ではありましたが、所詮は黒髪の闇属性です。生かしている方が稀《まれ》ではありませんか！」

だというのに、おかしなことにミザリーは俺の婚約者だった。まったくもって不可解だ。

「……ミザリー嬢は確かに闇属性だが、優秀だったろう？」

「それは……。ですが、ナディアだって妃教育を受ければ問題ありません。ミザリーにできていたことが、ナディアにできないわけないですから」

ナディアは、ミザリーと違って優しい桃色の髪をした、とても可愛い令嬢だ。一目見たときから、俺の心はナディアに奪われてしまったといっても過言ではない。


――確かに、父上が言う通りミザリーは比較的優秀だった。

勤勉らしく様々な本を読んでいたし、王太子の仕事を手伝ってもらったこともある。仕事に対して細やかな配慮もできて、仕事環境も向上したと思う。

……って、なんで俺がミザリーを褒めなければいけないんだ。

それもこれも、ミザリーが訳のわからないスキルを使って自分から国外へ向かったのがいけないんだ。意味がわからない。

国外追放を言い渡しはしたが、ナディアの妃教育が一段落つくまでは代わりに仕事をさせようと思っていたのに……本当に意味がわからない。

ミザリーに婚約破棄を突きつけた後、そのことを知った父上にすぐミザリーを追って連れ戻すように言われたが、馬ではとてもではないが追いつけなかった。

なんなんだ、ミザリーのあのスキルは！

「俺にはナディアがいれば十分です！」

声を荒らげてそう宣言すると、父上は目を細め、厳しい表情で俺を見た。

「……ナディア嬢は、グラーツ子爵家の令嬢だったか。王太子妃の座は、荷が勝ちすぎているのではないか？」

「な……っ！」

父上の言葉を聞いて、俺の体が怒りに震える。

「ナディアは俺の運命の人です！　父上といえど、侮辱的な物言いは許せません‼」

執務机の父上のところまで行き、俺はバンと机に手を置いた。

「クロード。どうにも今のお前は冷静さが欠けているようだ。……数日は頭を冷やしておけ。話をするのは、その後だ」

そう言うと、父上は俺に出ていくように手で合図をする。

「俺の思考はいたって正常です。おかしいのは、黒髪闇属性を俺の妃にしようとしている父上ではありませんか。父上こそ、頭を冷やした方がいいでしょう」

これ以上は時間の無駄だと判断し、俺は父上の執務室を後にした。


あの舞踏会から数日が経ち、俺はナディアと過ごす時間を大切にしていた。とはいえ、王太子としての執務はある。

「ナディア、仕事を手伝ってくれないか?」

「わたくしでお力になれるのなら」

嫌な顔一つせずに、ナディアは頷《うなず》いてくれた。

もしこれがミザリーだったら、「私はまだ婚約者というだけですので、その書類に触れることは許されていません」と固いことを言う。

俺が命令をしてやっと書類を手伝うミザリーと比べて、ナディアはなんと柔軟な対応をすることだろうか！

ナディアに書類を渡すと、それを見てこてんと首を傾げた。

「ええと……これは、なんでしょうか？」

「うん？」

見た通りの書類だ。

「その書類の処理を進めてほしいんだ」

もしかしたら、誰かに届けるものかと思ったのかもしれない。

「ごめんなさい、クロード様。難しくて、わかりません」

「は……？　いや、そうか。ナディアはまだ教師がついていなかったな。勉強して覚えたら手伝ってくれ」

俺がそう告げると、ナディアは「え……」と戸惑いを含んだ言葉をもらした。

「これをわたくしがですか？　家では一応教師に勉強を見てもらっていましたが、とてもではないですが……このレベルは……」

どんどんナディアの眉が下がっていき、私は慌てて声をかける。

「いや、すまない。これは俺がしなければいけない仕事だったようだ」

「――ですよね！　わたくしにこんな難しいものを渡してきたので、驚いてしまいました」

ナディアはほっとした様子で、胸を撫《な》で下ろしている。

……本当に難しくてできるわけないと思っているようだ。

この書類は、ミザリーだったらものの五分ほどで処理を終わらすことができるものだぞ？　それがまったくわからないと言われると……。

途端に、俺の顔はサアアァと青くなる。

執務机の上には、山のような書類。ミザリーだったら、数時間ですべてを終わらせられる程度のものだ。

「あ……！　そろそろお茶の時間なので、わたくしは一度失礼いたしますね。クロード様、お仕事頑張ってください！」

「え？　あ、ああ……」

にこやかに退室の挨拶をするナディアを、俺は引き留めることができなかった。

今までミザリーがしていたことは、ナディアに頼めばいいと思っていた。　俺は控えている側近を見て、指示を出す。

「……国境に連絡を取って、ミザリーの状況を確認してくれ」

「ミザリー様を連れ戻すのですか？」

「嫌だが、仕方ないだろう。それに、父上の機嫌も悪いままというのは困る」

俺は大きくため息をつき、「休憩だ」と告げ執務室を後にした。

ああ、本当に最悪だ――。

天然温泉発見

トットの街で買い物をし、私は鼻歌を口ずさみながら草原を走る。すると、インパネから《ピロン♪》と音が鳴ってレベルが上がった。

「おお、やったぁ！」

『にゃあ！』

《レベルアップしました！　現在レベル5》
レベル5　空間拡張

「空間拡張……⁉」

これはさっそくキャンピングカーをチェックしなければ‼

私はキャンピングカーを停めて、さっそくおはぎと一緒に居住スペースへ。

居住スペースを覗《のぞ》いてみると、横幅が一メートル、トランクルームの縦幅が二メートルほど広くなっていた。

「おお、すごい！」

『にゃっ』

居住スペースが広くなるのは大歓迎！

そう思って手を叩《たた》いて喜んでみたけれど、そういえば外から見たキャンピングカーのサイズはどうなっているのだろうと思って首を傾げる。

運転席から直で居住スペースに来た私は、靴を履いてキャンピングカーの外へ出る。そしてぐるりと一周して……。

「うん、キャンピングカーのサイズは特に変わってないね！」

軽自動車を基に作られたサイズのままだ。

やはり空間拡張というだけあって、魔法的な何か不思議な力で内部を広くしてくれたのだろう。

「前回は空間拡張でトイレが設置されて、今回は純粋に広くなっただけ。スキルレベルが上がっていけば、めちゃくちゃ広くなったりするのかな……？」

それともキャンピングカーらしく、ある程度の広さや大きさまでしか拡張されなかったりするのだろうか？

う～ん、謎が多い。

身体強化のようなよくあるものならまだしも、私のキャンピングカー召喚のような希少な固有スキルはわかっていないことがほとんどだ。

ゲームのときは魔法と固有スキルレベルが99でカンストだったから、そこまでは上がると思うけど……先はかなり長いと思う。

まあ、ゆっくり解明していきましょうかね。

「とりあえず、走れば経験値が入ってレベルが上がるんだから……走るのみ！　って感じかな？」

私が頑張るぞっと拳を突き上げてみると、おはぎも嬉《うれ》しそうに『にゃうっ！』と返事をしてくれた。

よし、二人で世界の果てまでドライブだ。


ということで運転席に戻ってきました。

キャンピングカーレベルアップのために、ガンガン走っちゃうよ！

明確な目的地はないけれど、元いたリシャール王国から離れつつ、いろいろなところを見て回ろう。

「いろんな村や街に行って、観光したり、名産品をゲットしたいな」

シートベルトを締めて運転を再開させると、私はこのキャンピングカーはいったいどこまで走れるのだろう？　という疑問が浮かんだ。

どこまで、というのは、どんな道か、ということだ。

岩だらけのガタガタの道や、獣道。ほかにも浅い川や泥、急斜面というパターンだってあるかもしれない。

「車体のサイズはそんなに大きくないから、細い道はまあまあ走れると思うんだよね」

タイヤの性能や、エンジンにターボが付いているか、四輪駆動なのかどうなのか……など、自動車にはいろいろと装備やオプションによって走りやすい道などがある。

しかしどれも見て簡単にわかるわけではないし、タイヤだって安そうか高そうかのなんとなくしか私にはわからない。

しかしふと、これはガソリン車ではなく私のマナ車だということを思い出した。

「となると、元々の自動車うんぬんとは違う次元ということも……？」

これは走って確認するしかないだろう。もし何かあったとき、ぶっつけ本番で変な道を走りたくはないからね。

となると……まずは獣道にチャレンジしてみるのがいいのではなかろうか。

「よし、ちょっとガタガタ道走るからしっかり掴《つか》まっててね、おはぎ」

『にゃう？』

ちょうど森の横を走っていたので、私は思い切ってハンドルを切り、森の中に侵入した。

幸い木々はいい感じに間隔が空いているので、キャンピングカーでも問題なく森を進むことができる。

獣道は木の枝や石などが落ちているため車体が揺れるけれど、難なく走っていく。

「おお～、すごい」

思った以上に快適に走れて、キャンピングカーを大絶賛だ。これならそこそこ斜面がある山にも登っていけるのではないだろうか。

そんなことを考えつつ、私は森の中を爆走した。


しばらく走っていると、野生動物がちらほら見られるようになった。木の上にいるリスをはじめ、見たことのない動物や鳥がいる。

……襲ってきたりしないよね？

森に入ってしまったのは浅はかだったかもと思いつつ、入ってしまったのだから仕方がない。

「……今度、護身術か何か習おう。そうしよう」

この世界には騎士や冒険者など、戦いを生業にしている人が多くいる。お給料を払えば、何日か教師役をしてくれるだろう。

「街には冒険者ギルドがあるだろうから、そこで相談してみよう」

騎士も強いけれど、基本的に貴族が多いため、今の私はあまり関わりになりたくない。そのため、平民の兵士か冒険者がちょうどいいのだ。

「……あれ？」

ふと、前方に何か煙のようなものが見えた。

「なんだろう？　森火事⁉　……ではないか」

煙の色は黒ではなく白だし、何かが燃えている様子もない。私は首を傾げつつキャンピングカーでゆっくり近づいてみて――思わず歓喜の声をあげた。


「温泉だ‼」

私は目をキラキラさせながらキャンピングカーを降りる。おはぎは私のテンションの高さにつられたのか、尻尾《しっぽ》をピーンと立てて肩に乗ってきた。

「天然温泉だよ、おはぎ！　これが秘湯ってやつなのかな〜」

『にゃふ〜？』

温泉は地中から湧き出ているようで、かなりの熱風を感じる。

その大きさは直径一メートルほどの湯だまりだけれど、そこから流れ出た温泉がすぐ横を流れる小川の水と混ざり合い、ちょうどいい温度の温泉ができあがったみたいだ。

周囲に石や岩などがあるため、露天風呂っぽく見えるのもポイントが高い。

小川と合流した温泉はさらに下流へ流れ、再び小川と合流しているようだ。ずっとお湯がたまっているわけではないので、温泉の状態も綺麗《きれい》で底面まで透き通っている。

しかも温泉の端っこの方では、リスがぱしゃぱしゃ体を洗っているではないか。なんとも可愛らしいし、安全なお湯なのだろうと予測もできる。

まさに自然の恵み！

「ようし、さっそく温泉を堪能——の前に、一応周囲を確認しておこう」

もし覗きにでもあったら大変だ。

「そもそもこの温泉、誰か入りに来る人っているのかな？」

近くの街に住む人や、狩りに来た人が使っている……ということもある。その場合、私が入ってる間にほかの人が来てしまう。

温泉の周囲を歩き回って見て、道のようなものや、人間の足跡がないか確認してみる。

「……動物の足跡はあるけど、人間っぽいものはないね。道っぽいものもないし」

おそらくここを使っている人間はいないか、いたとしても滅多には来ないだろうと結論づけた。

まずはタープをキャンピングカーと近くの木にくくりつけて、温泉のすぐ横に屋根を作ることにした。これだけで開放的すぎる温泉にちょっとした安心感が生まれるね。

「うお、タープを持ちながら木に登るの難しいっ」

木に登るといっても、ちょっと高い枝に結ぶだけなので一、二歩くらいなのだが。それでも悪戦苦闘してしまう、悲しきかな。

「体幹？　体幹が不安定なの……!?」

結局木の枝にくくりつけるだけで三〇分もかかってしまったし、六回も失敗した。

今後は運動の時間も取り入れた方がよさそうだ。

それから、二本の木の枝に麻縄を繋《つな》いでピーンと張る。ここには使ったバスタオルと、ついでに衣類の洗濯をして干そうという作戦だ。

何着かあるけれど、こまめにやらないと洗濯物がたまるし着るものもなくなっちゃうからね。

「石鹸《せっけん》はトットの街で買ってあるから、バッチリ！」

もし乾ききらなかった場合はキャンピングカーの室内で部屋干しをしよう。

「焚《た》き火にあてれば一発で乾くじゃん！　なんて思っていた時期が私にもありました……」

実は焚き火をすると、髪の毛や服に臭いがついてしまうのだ!!　焚き火はロマンを感じるけれど、きちんとお風呂に入れる環境が大事だということを先日の焚き火で学んだのです。

……それでも焚き火は好きだからまたやるけどね！

キャンピングカーにお風呂が実装されたらいつでもどこでもウェルカムさあこい焚き火！　になるんだけど…………どうぞお願いします、私のスキルさん。期待してるよ！

ということで、残念だけど今日は焚き火なしの予定だ。

「あとはバスタオルに、体を洗う用のフェイスタオルも用意して～っと。ふんふふん～♪」

それから温泉といえばやはり牛乳ではなかろうか。キャンピングカーに冷蔵庫ができたので、トットの街で食料品を買うときに牛乳も買っておいたのだ。

温泉のすぐ横に比較的平らな岩があったので、そこに石鹸、タオル類、冷えた牛乳を置いた。ちょっと時間がかかってしまったけれど、準備はバッチリだ。

「いざ、温泉！」

そう告げて私が服を脱ごうとしたら、バッシャーンと水しぶきが上がった。

「何事!?　って、おはぎが温泉に入ってる～～！」

『にゃふ～』

「気持ちいいの……？　猫ってお風呂嫌いだと思ってたけど、おはぎは特殊なのかな……？」

それともずっと外で生活していたから、体を洗いたかったのだろうか？

「まあ、嬉しそうに入ってくれるならいいのかな？」

温泉に動物が入りにくるかな？　なんて思ったけれど、おはぎが入ってくれるという可愛い展開に私はにっこりしてしまった。

思いのほかおはぎが温泉にとろけているのを見ながら、私は服を脱いでいく。これは洗うので小川の横の岩の上に置いて、温泉へ向かう。

「大自然で誰もいないとはいえ、裸っていうのはなんだか恥ずかしいね……」

ちょっと照れつつも、まずは透き通ったお湯に手を入れてみる。

温度は気持ちぬるめに思えるので、おそらく四〇度弱といったところだろうか。ゆっくりつかることができそうだ。

手で温泉をすくい体にかけると、その温かさに体がふるりと震える。温泉は転生してから初めてなので、期待がどんどん高まっていく。

「ではさっそく……」

簡単に体を流して、私は岩に手をついて足先からゆっくり温泉につかっていく。ちゃぽと小さな水音が立ち、じんわりした温かさが体中を駆け巡っていく。

「……っあ～～、気持ちいい～～～～！」

親父かと言われても仕方がないだろう。温泉が気持ちよすぎたときの反応は、たぶん男女共通だと思う。

歌いたくなってしまう気持ちも今ならわかるよ。

『にゃう～』

「おはぎも気持ちいいね～」

無意識のうちに、へにゃりと頬が緩む。

ふーっと大きく息を吐いて目を閉じると、聞こえてくるのは自然の音だ。

小川の流れや、風で木々が揺れる音。ときおりカサッと何かが歩くような音がするのは、おそらく小動物だろう。

は〜〜、このまま寝たら気持ちがいいだろうなぁ。

と、そんなことを考えてしまう。しかしお風呂で眠るのは雪山で遭難するくらいに危険があるので、駄目、絶対。


体が芯までポカポカしたところで、私はいったん温泉から上がる。すぐ横の岩を見ると、おはぎがへそてんスタイルで寝転んでいた。

「ずっと入ってると熱いよねぇ」

『にゃう〜』

おはぎも適度に涼んでいるみたいだ。

私はちょうど椅子になりそうな岩に温泉をかけて、石鹸でちょっと洗って腰かけた。

「タオルを濡《ぬ》らして、石鹸を泡立てて……っと。この石鹸、すっごくいい香り！」

そんなに質のいいタオルではないが、石鹸は十分に泡立ってくれた。ゆっくりタオルで体を擦《こす》ると、あっという間に全身が気持ちのいい泡で包まれる。

体を洗うって、こんなに気持ちよかったんだねぇ。前世はお風呂が面倒だと思っていたけれど、

これからはもっと感謝して入りたいと思います。

体を洗っていると、肘から下あたりにちょっとした傷ができていることに気づく。お湯や泡が染みるわけではないので、本当に小さなかすり傷だ。

「んん？　令嬢をやってるときはこんなのなかったけど……あ、焚き火のために枝拾いをしたりしたからか」

自分でも気づいていなかったけれど、いろいろしているうちに怪我をしていたみたいだ。

「小さいから、ほっとけばそのうち治るかな？」

ということで、気にしないことにした。

「っと、おはぎも洗ってあげるからね」

私は自分の体についた泡を流して、もう一度泡立てておはぎを呼んだ。

『にゃぁ？』

おはぎは何をするかわかっていないようで、不思議そうな顔でこっちを見た。

タオルで石鹸をこれでもかというほど泡立てて、いざ！

「おはぎ、おいで」

『にゃう？』

特に警戒心も何も抱いていないおはぎは、すぐに私のところへ来てくれた。

……泡が苦手じゃないといいんだけど。

そう思いながら、泡のついた手でおはぎの背中を撫《な》でる。少しずつ慣らして、その後は可能な限りスピーディーにシャンプーを!!

『にゃー……』

泡が体についたおはぎは驚いたみたいで、か細い感じの声をあげた。

「ごめんね、おはぎ。綺麗にしてあげるから～～！」

『にゃにゃにゃ』

私は泡を追加して、おはぎの背中やお腹周りを泡まみれにしていく。

すると、最初は『にゃっにゃっ』と声をあげていたけれど、次第に『にゃ～』と落ち着いた声を出すようになった。

……もしかして、慣れた？

おはぎの順応の高さには驚くばかりだ。

そのまま顔周りもあわあわにしていくと、すぐに全身あわあわおはぎが誕生した。もふもふではなくあわあわなおはぎもいいね。

「汚れは……うん、やっぱりあるよね」

おはぎを洗っていくと、真っ白だった泡が少し茶色くなった。

うちの屋敷にいたときからずっと外で暮らしていたので、おはぎが自分でお手入れをしているといっても、汚れがたまってしまうのは仕方がない。

『にゃう？』

「大丈夫だよ、綺麗になるから。これからは、こまめにシャンプーしてあげてもいいかもだね」

私は十分おはぎを洗って、温泉をかけて泡を流していく。

『にゃ～』

「気持ちいいねぇ～」

泡の洗い残しがないように、しっかりお湯で流していく。猫は自分の毛を舐《な》めるので、泡が残るなんて言語道断だ。

それから何度か泡を流して、おはぎのシャンプーが完了した。

「よしっ、綺麗になったよ！　絶世の美女だね～！」

はあ～～、うちのおはぎが世界一可愛いよ～～～～！

「あとはタオルでしっかり拭いて――」

『にゃうっ！』

「きゃっ！」

私がタオルを取ろうと手を伸ばした瞬間、おはぎがブルルルッと体を震わせて、体についた水を飛ばしてきた。

私の顔にもかかって、思いがけないダメージだ。まあ、裸のままだから別に水がかかるくらい問題はないけどびっくりした。

「ほら、拭くよおはぎ～！」

『にゃにゃっ!?』

なぜか逃げようとしたおはぎを捕まえて、私はタオルでわしゃわしゃ拭いていく。水が残ったままでは、風邪を引いてしまうからね。

吸水性の高いタオルだったみたいで、おはぎの濡れた毛が次第にもふもふに戻っていく。

「うん、いい感じ」

それから追加で二枚ほどタオルを使って、もふもふだけどうる艶で美しいおはぎが誕生した！

は～～～～、やっぱりおはぎが世界一可愛かった！


至福の温泉タイムが終わったら、今度は過酷な洗濯タイムだ。今まで着ていた服や下着を洗って、木の枝に張った麻縄に吊《つ》るしていく。

途中でおはぎが手伝うと見せかけてじゃれてきたが、洗濯物は死守した。洗ったばっかりでまた汚れてしまっては大変だ。

「よしよし、あとは乾くのを待つだけ」

今日は天気もいいし、そう時間をかけずに乾くだろう。

「乾かしてる間に、ご飯にしようか」

『にゃっ』

私が提案すると、おはぎが尻尾をピーン！と立てて返事をした。やっぱり温泉と仕事の後といえばご飯だよね。

今日は焚き火じゃないので、キャンピングカーの簡易キッチンで料理をするよ！

用意する材料は、街で買っておいたマッシュルーム、中くらいのトマト、ソーセージなどです。

まずはソーセージを細かく切り、チーズ、ちぎったハーブ、コショウを混ぜてディップを作る。

次に、マッシュルームは軸を取る。トマトはヘタを切り落として中をくり抜く。くり抜いたトマトの中身は使わないので、お鍋に入れてスープにします。

トマトスープはジャガイモを入れて塩コショウで味を調え火にかけるだけ。

マッシュルームとトマトの中に作っておいたディップを詰めて、フライパンで焼けば完成。たっぷり野菜が取れていいね。

あとは焼けるのを待ってパンと水を用意すれば、私のご飯の完成だ。

おはぎは鶏肉をまとめて茹《ゆ》でて冷蔵庫に入れておいたので、それがご飯です。


「いただきます！」

『にゃ～！』

おはぎは嬉しそうにはぐはぐ食べてくれるので、見ているだけで幸せな気持ちになるね。

私もさっそくいただいちゃおう。

マッシュルームとトマトはいい具合に焼けていて、チーズの美味しそうな香りによだれが出そうになる。

「まずは焼きトマトから……はふぅっ！」

少し時間を置いてから口に入れたけれど、まだ熱かった。慌てて水を飲んで口の中を冷やし、ほっと息をつく。

「でも、美味し〜！」

トマトの中に詰めたディップは、ソーセージがパリッとしていて食べごたえがある。うーん、これはクセになってしまいそうだ。

焼いたトマトのちょっととろりとした食感は、なんともいえない。私は昔から焼きトマトが好きということもあり、これはリピ決定である。

マッシュルームも焼けた香りが香ばしくて、どうしてこんなにチーズと合うのだろうと大絶賛するほかない。マッシュルームの歯ごたえは弾力があって、トマトと交互に食べたら飽きなんて一生こなさそうだ。

トマトスープはちょっと味気ないけれど、ジャガイモがほくほくで美味しい。パンをスープにつけて食べてみるとちょうどよかった。

『にゃふ』

おはぎは食べ終わると満足したようで、前脚を舐めて、顔周りを綺麗にしている。

「ごちそうさまだね」

『にゃ』

私が片付けるためにキャンピングカーに戻ると、ちょうど《ピロン♪》と音が鳴った。走行中ではないのに、レベルアップしたらしい。

「走るだけじゃなくて、キャンピングカーを出している状態がすでにスキルを使ってる状態、ってことかな?」

走っているときの方が経験値の獲得が多いなどはあるかもしれないが、出しているだけで経験値がたまってくれるのは嬉しい。

私は食器を流しに置いて、急いで運転席のインパネを見に行く。

《レベルアップしました！　現在レベル6》
レベル6　空調設備設置

「空調設備……だと⁉」

私の心がざわめいた。

「そういえば、運転席にはエアコンがついてるけど居住スペースにはそれらしきものが……なかった、ような気がする」

今は春なので問題なかったけれど、このまま夏を迎えていたら蒸し暑くて大変なことになっていたのでは……と考えてゾッとする。

「夏にエアコンなしだなんて、私もだけどおはぎだってやられちゃうよ」

『にゃん?』

私はおはぎを絶対守るのだと、ぎゅーっと抱きしめる。そうしたら嫌だったのか、顔に肉球を当てられてしまった。

……おはぎにとっては抗議かもしれないけど、私にとってはご褒美なんですが？

「って、エアコンだった！」

とりあえず確認だ!!

急いで居住スペースに戻ると、どこにエアコンが設置されたのだろうと天井付近を見る。が、見当たらない。

「うん？　空調がついたんだよね？」

エアコンを想像していたのだが、違ったのだろうか。私は首を傾げつつ居住スペースをうろうろして……ハッ！

「なんか見覚えのないのが天井付近についてる！」

それはエアコンではなく、商業施設などにある空調設備と似たような作りになっていた。長細い通気口がついている。

居住スペースの前方と後方、それからトイレにもついていて、気づけばいつの間にかどこにいても快適で心地よい温度になっているではないか。

「これ知ってる、ＣＭで見たことある……全館空調ってやつだ！」

私のキャンピングカー、すごい!!

キャンピングカーの進化がすごすぎて、もう山奥に引き込もっても快適な暮らしができそうだ。

今後のキャンピングカーに期待大、だね。

「居住スペースの確認はできたから、あとは洗濯物が乾くのを待つだけか」

その間に何をしようかなと考えていると、おはぎが『にゃっにゃっ』と何かを主張しているではないか。

見ると二本足で立ち上がって上へ手を伸ばしている。

「くう、なぜ私はカメラを持っていないのか……」

もしや構ってほしいのかと思い手を伸ばすも、どうやら違うらしい。靴箱の上に飛び乗って、上に向かって『にゃ！』と声をあげた。

……あ、もしかして。

「ポップアップルーフに行きたいのかな？」

屋根の上に空間を作る設備なのだが、おはぎがすごく気に入っていたことを思い出す。私は急いで屋根を開けて、上に登れるようにした。

『にゃっ』

「当たりだった～」

おはぎは軽やかにルーフへ行くと、すぐにこてんとお腹を上にして寝転んだ。そしてゴロゴロ喉を鳴らしながら眠ってしまった。

「わあ、安心しきっている……」

私はクスッと笑って、おはぎの隣に寝転んだ。

温泉に入って、ご飯を食べて、洗濯もして……とくれば、お昼寝タイムだろう。ルーフからは外の景色も見えて、お日様の光も入ってきて、心地よい。

「へへ、おはぎの隣っと！」

おはぎの隣に寝転ぶと、お風呂上がりでお腹もいっぱいで、まさに至福のひとときだ。

そして寝転んでしまったゆえに――私は襲ってくる睡魔に抗えず、そのまま意識を手放した。


『にゃっにゃっ』

ふいに腕を何かに押されている気がして、私の意識が浮上する。まどろみの中で聞こえてきたのは、おはぎの声だ。

「ん……？」

あと五分、寝たい……。

しかしそう思ったのも束の間で、うっすら開けた目からおはぎが私の腕をふみふみしているのが見えて一瞬で意識が覚醒した。

「おおおお、おはぎ……！」

『んにゃ』

私が起きたことに気づいたおはぎが、ふみふみ職人をやめて私の横にころんと寝転んだ。どうやら添い寝をしてくれるらしい。

「っっっ、かっわ‼」

可愛い～～！

私は可愛いおはぎにメロメロだ！

「よーし、このまま一緒に二度寝――って、外暗ッ‼」

見ると、山の向こうに夕日が沈むところだった。

ちょっとの昼寝のつもりだったけれど、予想以上に爆睡していたみたいだ。

「あ！　洗濯物取り込まなきゃ！　ごめんね、おはぎ。ちょっと下に行ってくる！」

『にゃう』

おはぎをルーフに残したまま、私は急いで外へ出て洗濯物を回収する。冷たくなってしまっているが、仕方がない。

街で買ったカゴに取り込んでキャンピングカーに運んで、テーブルで畳めば完了だ。後ろのトランクスペースに収納があるので、そこにしまう。

その後は、木の枝に結んだ麻縄やタープを回収して、片付けを終わらせる。まだまだ大きいタープに弄《もてあそ》ばれている感はあるけれど、ちょっとずつ慣れてきたように思う。

「これでよし、っと」

『にゃ』

「あ、おはぎ。もうルーフは大丈夫？　そろそろ出発するから、閉めちゃうね」

私は屋根を閉じてルーフを収納し、再びキャンピングカーで走り出した。

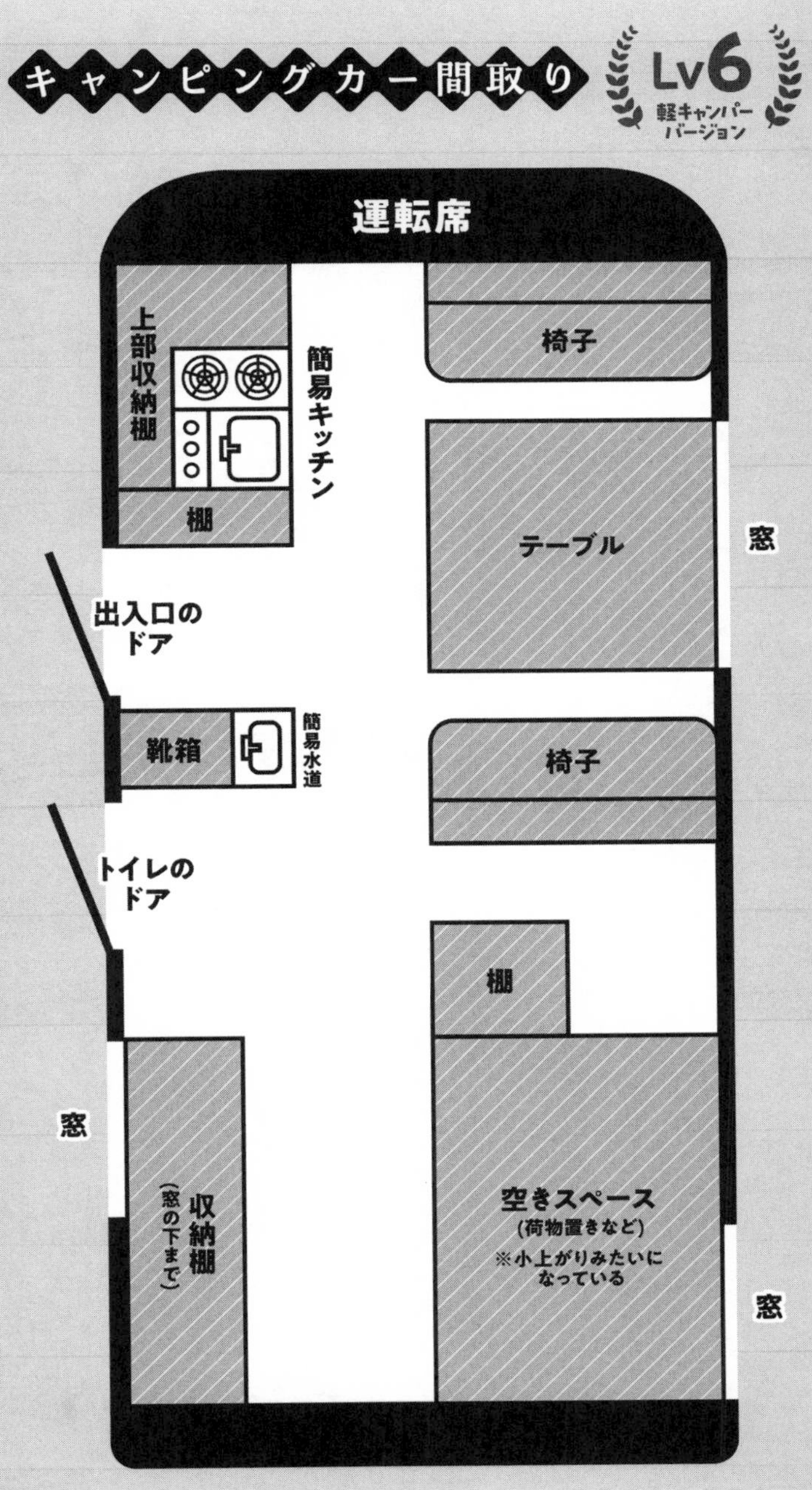
キャンピングカー間取り
Lv6
軽キャンパーバージョン
運転席
上部収納棚
簡易キッチン
棚
椅子
テーブル
窓
出入口のドア
靴箱
簡易水道
椅子
トイレのドア
棚
窓
収納棚（窓の下まで）
空きスペース（荷物置きなど）
※小上がりみたいになっている
窓

温泉に入って昼寝もして、今の私は絶好調だ。ふんふん鼻歌を口ずさみ、助手席におはぎを乗せて森の中を走っていく。

最初は森の中を走るのは大丈夫だろうかと不安になったけれど、意外にもキャンピングカーが優秀で、すっかり運転も慣れてしまった。

「このまま走りまくってレベルを上げたら……最終的にお城レベルになってしまうのでは!?」

走る城の完成だ。

前世、何かの映画で見たような気もするけれど、この世界でガチでお城を走らせたらやばそうだなとも思う。

太陽が沈んで暗くなってきたけれど、ヘッドライトがあるので走るのにはあまり困らない。そして巨体が動いているので、魔物や動物も姿を現す様子はない。

「とりあえず森の中は問題なく走れるから、あとはどの程度の斜面を走れるか、だよね？」

確か日本の国道は、一番急斜面で二〇度弱だったはずだ。

自動車教習所に通っていたとき、教習指導員がそんなことを言っていたような気がする。

「だとすると、結構登れそうじゃない……？」

そう考えたらちょっと挑戦したくなるのが人間というものだ。まずは緩やかな山を見つけて走ってみるのがいいのではないだろうか。

そう思って、走りながら遠くを見てみる。さすがゲーム世界というだけあり、大自然がいっぱいだ。視界に山がたくさん入ってきた。

かなり高い山、緩やかだけど高い山、めちゃくちゃ尖《とが》っている山と、バリエーションが豊かだ。

私はその中に、一つだけ緩やかそうで、しかもそんなに高くない山を発見した。

「これは登るしかないんじゃない……？」

私はハンドルを握り直して、唇をぺろりと舐《な》める。走り屋の血が騒ぐぜ……！　なんて言ってみたりして。

「よーし、出発だ！」


運転に慣れた私はスピードを上げて、爽快に森の中を抜けて――山の麓へとやってきた。

「おや、これは……」

山には、キャンピングカーが走れるくらいの広さの道があった。思ったより整備されていたので、驚いた。

もしかしたら、山の向こうに街か村があるのかもしれない。これは山を登る楽しみも倍増だ。山向こうで、新しい発見や出会いがあるかもしれないのだから。

ということで、再び発進だ！

山道は緩やかで、大きな石も落ちておらず、とても走りやすい。もしかしたら、普段は荷運びなんかに使っている道なのかもしれない。

……なんて思って進んでいたら、どんどん急斜面になってきましたよ……！

「うーわー、なんだかひっくり返らないか不安になる……」

しかし実際の斜面は、視界で感じているより緩やかな場合がほとんどだ。そのため、私が怖いと思ったとしても、実際には全然余裕だったりする。

……人間の目や脳って不思議だね。

『にゃふ～』

私が若干スピードを落としつつ登り始めたところで、助手席で寝ていたおはぎが起きた。

『にゃぁ？』

「おはようおはぎ、心強いよ！」

急な上り坂で落ちていた私のテンションが、ちょっとだけ回復する。この勢いのまま、登っていくのがいいに違いない！

アクセルを踏んで、ブロロロロロロッと登っていく。

「は～、ひっくり返らない、よかった！」

『にゃう』

私は安心してキャンピングカーを走らせ、外の景色を見る余裕も出てきた。

山にはたくさんの植物が自生していて、木の実がなっているものもある。気になるけれど、食べられるかわからない。

たまに獣道の前が踏み慣らされているので、やっぱり人の出入りがそこそこあるのだろう。

「このまま向こう側に下山できちゃうかもしれないね」

なんてことを思っていたのだけれど、あと少しで頂上というところで――道がなくなった。

「なんてこった！」

その原因は、斜面が一気に急になり、大きめの石がゴロゴロしているからだろう。道幅も少し狭まっている。この地面では、荷車で通るのは無理だろう。

……さて、どうしようか？

よくよく観察してみると、木々も多少はあるがキャンピングカーが通れる隙間程度はある。

「……ちょっとずつ、ゆっくり進んでみよう」

それで駄目そうだったら引き返そう。

私はドキドキしながら、慎重にアクセルを踏む。

登ってきた道より石が目立つけれど、通れないほど大きな石はない。たぶん、徒歩で通っている人がある程度いるのだろう。

キャンピングカーは危なげなく、山道を登っていく。

「これは結構……余裕そうかも？」

落ちてる木の枝や、野球ボールくらいの大きさの石だったら、森の中でも散々乗り上げて問題なく進んでいる。

うんうん、いい感じ！

『にゃっにゃっ』

おはぎも嬉《うれ》しそうだ。

私は慎重に運転し、どうにか頂上までやってきた。少し開けていて、地面もありがたいことに平らになっていた。

ちょっと休憩とばかりに、キャンピングカーを停める。

すると、《ピロン♪》とレベルアップの音がした。

「もうレベルアップ⁉　今回かなり早くない……？」

やっぱり森や山など、険しい場所を進むと経験値の入りが早いのかもしれない。私はうきうきと今回のバージョンアップを確認する。

《レベルアップしました！　現在レベル7》

レベル7　シャワー設置

「…………シャワー⁉」

あまりに嬉しい機能すぎて、思わずフリーズしてしまったのを許してほしい。

私はさっそく靴を脱いで、居住スペースへ移動する。早くシャワー設備を見たいのだ。どういう風に設置されているのだろう。

「さて、さて……ん？」

居住スペースはテーブルとソファ二つがあるのだけれど、奥側のソファの後ろに今までなかった仕切りのような壁ができていた。

あそこに何かあるとみた……！

さっそく行ってみると、椅子の後ろと棚の間がちょっとした通路のようになっていて、お風呂だとわかるようにのれんが掛かった引き戸ができていた。

なんとも粋なことをしてくれるではないか。

のれんをくぐると、今までなかったドアがあった。ドアの前は、狭いが脱衣スペースとして使うことができるようになっている。

いいねいいね！

「ではさっそく、シャワー室を……！」

ドキドキしながらドアを開けると、天井に設置するタイプのシャワーがあった。壁の下の方には蛇口もついているので、桶《おけ》などを購入してもよさそうだ。

シャワー室の広さは一畳弱というところだろうか。壁には二つほどラックがつけられているので、石鹸《せっけん》を置いたりすることができる。

「なるほど、そういうパターンか！」

日本人的には、手で持つことができるタイプのシャワーがよかったけれど……まあ、そこまで贅沢《ぜいたく》は言っていられない。

レベルが上がれば、シャワーもグレードアップしていくかもしれないからね！

「試しにちょっと使ってみよう。水圧チェックは大事っていうからね！」

シャワーで濡《ぬ》れないように端に移動して、蛇口をひねる。すると、すぐに温かいお湯が出てきた。

わあ、一瞬でお湯が出てきてくれるのは嬉しい!!

「う〜ん、水圧はそこまで強くないね」

……残念。

ちょっと物足りないくらいだけれど、キャンピングカーの中にシャワーがあるだけでよしとするしかないだろう。

「このお湯は無限に出るのかな……？　いや、お湯を出しただけ私のマナが減るのか」

似たようなものだと、水属性の魔法だろうか。使用者のマナを使って水を出すことができるので、固有スキルのキャンピングカーも似たような仕組みになっているのだろう。

『にゃ〜！』

「あ、ごめんごめん、急にシャワー出したからびっくりさせちゃったね」

おはぎがシャワー室のドアの隙間から、恐る恐るこちらを窺《うかが》っていた。


私は山を下る前に、キャンピングカーの外へ出た。

「わ、ちょっと肌寒い」

標高はそんなに高くなさそうな山だったけれど、やはり山頂は気温が下がる。

もう辺りは暗くなってしまっているので、今日はここで一泊して朝になったら山を下るのがよさそうだ。

……ライトがあるとはいえ、やっぱり夜に山を下るのは怖いからね。

「ん～、満天の星！　そして山は――ん？」

暗くて何も見えないだろうと思っていた山は、なぜかところどころ光っていた。蛍がいるにしては大きな水色の光で、山のいたるところで見られる。

「でも、光が見えるのは山の向こう側だけだ。私が登ってきた方は全然光ってない」

いったい何があるのだろうか？

すぐ近くを見れば、目と鼻の先――数十歩ほどのところの草むらが光っている。

「おはぎ、見に行ってみよう？」

『にゃ！』

声をかけると、おはぎが軽やかなジャンプで私の肩に乗った。相変わらずナイスジャンプ！

ファンタジーの鉄板、光る鉱石みたいなアイテムが落ちていたらいいな。

間違っても変な虫が光っていませんようにと恐る恐る近づくと、光る花が咲いていた。

「わあぁ、ファンタジー！　なんの花だろう？」

光っているのはネモフィラに似た水色の花で、花弁の中心の色は白になっていて、そこから光が零《こぼ》れている。

一ヶ所に数株集まって咲いているので、遠目から見たときに幻想的な光の光景に見えたのだろう。

「これって、摘んでも光ったままなのかな？」

『にゃにゃっ！』

私がしゃがんで光る花を見ていると、肩の上に乗ったままのおはぎが花にじゃれるように猫パンチをしている。光っているので、気になっているみたいだ。

花がねこじゃらし代わりになっている……。

私はくすっと笑って、光る花を一輪手に取った。

「おお〜っ、摘んでも光ったままなんだ！」

これはいいね。

何本か摘んで花瓶に活けて、夜の照明にしたら素敵だと思う。ベッドサイドに置くのもいいけど、森の中で明かりにして静かなキャンプをするのもいい。

「うわ〜、光る花のテンション半端ない……！」

私はそれから何本か摘んで、キャンピングカーに戻った。


「山を下ったところにある村に行ったら、この花の名前とかもわかるかな？」

もしかしたら、照明以外にも有効活用する方法があるかもしれない。私は明日下山するのがとっても楽しみになる。

よーし、このテンションのまま焚《た》き火もしちゃおうかな？

シャワー室が設置されたので、焚き火で頭が臭くなってもへっちゃらだ。

私はキャンピングカーのトランクに積んでおいた、以前拾った薪を取り出す。一五本くらいをひとまとめにして、麻縄で縛っておいたのだ。

ホームセンターで売ってる薪みたいで、なんだか楽しい。キャンプ用品もどきも、もっと増やしていきたいところだ。

この世界だと、キャンプっていうより野宿用品だね。

ちょっとだけ地面を掘って、その上に薪を積んでいく。

そして前回同様、木の枝をナイフで削ってフェザースティックをいくつか作る。それを組んだ薪の下の方に入れれば準備完了だ。

……この間みたいに前髪を燃やす失態はもうしないよ！

「あとは着火石で……っと」

まだ少し不慣れではあるけれど、着火石は問題なく使うことができる。簡単に火種ができて、すぐにフェザースティックが燃え始めた。

「よしよし、いい感じ」

フェザースティックがぼうっと大きく燃えて、その火がゆっくり薪に移っていく。その様子をただじっと見つめているのが、なんだか楽しい。

は〜〜〜、ずっと見ていたい。

しかし少しすると火が燃え広がって、立派な焚き火が完成した。ちょっと寂しいような、でも嬉しいような微妙な感想を抱きつつ……私は食材を取るため一度キャンピングカーに戻った。

今日の夜ご飯は、実は前々からやってみたかったことがあるのでそれをします！

食べるお肉は鶏肉！

まずおはぎ用の鶏肉はキャンピングカーの簡易キッチンで茹《ゆ》でて、少し沸騰させた後はしばらく放置。次に私用のスープを作るため、お鍋に水を入れて火にかける。

「外、結構寒かったから汁物がほしい！」

買っておいた大根、にんじん、ゴボウ、ネギを切って鍋に投入。

「問題は味付け……。今の私が持ってる調味料は、塩コショウとか、シナモンとか、基本的に洋風のものが多いんだよね」

ちょっと味噌汁《みそしる》が恋しいけれど、味噌がないので仕方ない。

「味付けは……干し肉と野菜を多めに入れて、それを出汁の代わりにしつつオリーブオイルと塩コショウかな？」

ちゃちゃっと味付けをして味見をすると、薄味だけれど十分美味しいスープが完成した。うん、いい感じ！

それからお鍋を持って焚き火に戻り、私用の鶏肉は皮がパリパリになるように焼いておく。そしてパンを軽く焼いてお皿に載せておいて……。

「じゃじゃ～ん！　チーズ！」

毎度毎度チーズを食べている気がしなくもないけれど、チーズはそのまま食べても加熱して食べても美味しいという魔法の万能食材なのです。

おはぎがワクワクしながら鶏肉が茹で上がるのを待っている横で、私は木の枝を取り出した。短剣で削って、先をちょっと尖らせてあるのだ。

これにチーズをつけて……焚き火であぶる!!

そしてパンにのせて食べるのです。こんなの絶対に美味しいに決まっている。いつもハイジを見るたびに、絶対やってみたいと思っていた料理の一つだ。

焚き火にチーズをあてていると、ゆっくり溶け始めた。

「うわあぁぁ、いい感じだ」

火にあてすぎると溶けすぎちゃうので、私はすぐにチーズをパンにのせる。適度なとろみがついていて、チーズのいい香りを鼻からいっぱい吸い込む。

「あ～～、これだよおじいさんが作ってくれてたやつ！」

あのアニメはどの料理も美味しそうで困る。家庭じゃなかなか実践できないので、今回できたことがものすごく嬉しい。

「ちょうどおはぎの鶏肉も茹で上がったところだし、いただきましょうか」

『にゃあ』

おはぎの分は食べやすいようにほぐしてからお皿に載せて、私の分はシンプルに塩コショウで味付けをした。

「いっただっきまーす！」

『にゃぐ、はぐっ』

私は誰も見ていないのだからと大口を開けてパンとチーズにかぶりついた。パンのカリッとした焼けた食感と、とろ〜りとろけたチーズの風味がたまらない。

自分の口元から手に持ったパンまでチーズが伸びている、その光景がたまらない。思わず、これ動画で見たやつ!! と思ってしまったのも仕方がない。

「ん〜〜、美味しい！」

毎日このメニューでもいいくらいだ。

そしてあっさりした味のスープは、冷えた体を芯からポカポカにしてくれる。山頂で飲むスープがこんなに美味しいとは。

私はパンを半分ほど食べて、鶏肉もいただく。口に入れて噛《か》むと、鶏皮のパリッという音が耳に届く。

音だけで美味しい！

濃厚なチーズと違ってさっぱり食べられるので、塩コショウにしてよかったと思う。

「はー、ここにお酒があったらさらに最高だった気がする……」

キャンプといえばお酒だろう。

「だけどこの世界、日本の乙女ゲームだから飲酒は二〇歳からなんだよね」

前世でとっくに成人していた私にとって、キャンプ飯を前にお酒を我慢することは地味に苦行だったりするのだ。

……もちろん、料理の美味しさだけでも十分満足はできちゃうんだけどね。

「せっかくなら、焚き火をするとき用の椅子とかもほしいよね。山や森に出入りするなら、山頂付近は冷えるからブランケットがあってもいいかも」

それで焚き火にあたりながらのんびりした時間を過ごすのだ。

日本だったら乙女ゲームをしてもいいけど、この世界にゲームはないから読書あたりだろうか？　それか、刺繍《ししゅう》や編み物、小物作りなんかをしても楽しそうだ。

私はおはぎと食事を終え、片付けなどをして、キャンピングカーの中で就寝した。

翌日、天気は快晴。

「んー、さすがは山の頂上だけあって空気が美味しい！」

今日は下山する予定なのだが、麓を見下ろしたら何か見えるだろうか？　私は首を傾げつつ視線を下に向けると、山を下ったあたりに小さな村が見えた。

「おお、なんだかのどかな雰囲気の村がある！」

もしかしたら、光る花のことも聞けるかもしれない。

向こう側にも行きしなと同じような道があった。物資などを荷車に載せて運び、山頂で一度下ろしてから荷車を反対側に運んで、再び荷を積んで行き来しているのだろう。

「比較的安全に走れそうな山かな？　渓流を見つけて、渓流キャンプもしてみたいなぁ」

やりたいことが次から次に出てきて留まるところを知らない。

「よしっ！　次はあの村に行ってみよう、おはぎ」

『にゃっ！』

ということで、下り道に初チャレンジだ。


「やばいやばい、高いッッッ!!」

『にゃ～』

いざ下山！

ということでキャンピングカーを走らせているのだけれど、登りより下りの方が怖いね！　精神的に!!

いや、登りも何もしないとバックしてしまうから怖かったけど、加速してしまうのが怖いので、ギアを下げてエンジンブレーキを強くする。

「無事に下山できますように……！」

そんな風に祈りながら、私は慎重に慎重に走り進めた。

ちなみにちょっと大きめの石に乗り上げたときは、キャンピングカーが倒れるかと思ったよ。でも案外キャンピングカーはバランスがいいのか、まったく倒れる気配はなかった。

それからちょこちょこ休憩をはさみつつ数時間、私は無事に下山することができた。

「よかったー！」

『にゃ～！』

おはぎと一緒に無事を喜びつつ、一度キャンピングカーを停めて軽くお昼ご飯を食べて、山頂から見えた村へ向かった。


村はキャンピングカーで走って一〇分ほどで到着した。

三六〇度山に囲まれているこの場所は、大きな盆地のようだ。

村の周りはぐるりと低い木の柵で囲まれていて、立て看板には『フルリア村』と書かれている。

規模から見て、おそらく人口は二〇〇人程度だろうか。

家はオレンジの屋根にレンガ造りの建物で、端には風車小屋も見える。湧き水が川になって、村のすぐ横を流れているみたいだ。


私は村から少し離れたところでキャンピングカーをしまい、おはぎと一緒にいつものように歩いていくことにした。

……とはいっても、おはぎの定位置は私の肩の上だけれど。もしかしたら筋トレになっているかもしれない。猫トレだ。これは流行《はや》るかもしれない。

「……なんか村だと街より緊張しちゃう」

街は誰が入っても気にも留められないが、小さな村は全員が知り合いというイメージがある。

……宿屋とかあるかな？

私は緊張した足取りで村へ入ると、すぐ近くで薪割りをしていたお兄さんと目が合ってしまった。

こげ茶の短髪で、筋肉質な二〇歳くらいの人だ。

「あれ？　行商の人……？　でも今日ってそんな予定だったっけ？」

「いえ！　私は商人ではなくて、ええと、そう、旅人です！」

咄嗟《とっさ》に考えた割に、旅人はなんだかロマンがあっていい響きのような気がする。というか、旅人以外にしっくりくりする言葉もないからね。

「へええ、旅の人か！　うちの村は滅多に人が来ないから、驚いたよ」

「そうなんですね。ちなみに宿屋とかって……」

「あ～、宿はないんだ」

ですよねー！

こういう場合、漫画やゲームだと村長の家でおもてなしされたりする気がするんだけど、実際はどうなんだろう？

「だから、大抵の旅人さんは村長の家に泊まってるよ」

本当だったー‼

と思ったけれど、この世界もゲームだった。

「村長の家に案内するよ。村の一番奥なんだ」

「あ……ありがとうございます」

どうやら村では村長への挨拶が鉄板イベントみたいだ。

村長の家は、村の奥にある、ほかの家より一回り大きな家だった。

玄関先には山で見た青く光る花をモチーフにしたランプがあり、花壇にもいろいろな種類の草花が植えられている。

「ここが村長の家だよ」

そう言うと、薪割りのお兄さんが村長の家のドアをノックした。すぐ、「なんじゃ～？」と家の中から返事が聞こえてくる。

そしてドアが開いて、出てきたのはおじいちゃんだった。

「旅人さんが来たぞ」

「なんとまあ、珍しいこともあるものじゃ」

村長は長い白髭《しらひげ》がもふもふっとした、私より身長の低い可愛らしい感じの人だった。

木の枝を丁寧に加工し、青い花の飾りがついた杖《つえ》。民族衣装のような刺繍の入った衣装は、きっとこの村独特のものだろう。

「ようこそいらっしゃいました。わしは村長のイーゼフですじゃ。この村に旅の方が来られるのはとても珍しいので、驚きましたよ」

「ミザリーです。こっちは黒猫のおはぎ。二人で気楽に旅をして、いろいろなところを観光してるんです」

「そうでしたか」

私の言葉に、イーゼフ村長は微笑んで頷《うなず》いてくれた。もふもふの白髭のせいで、なんだか新たな癒し系のもふもふに見えてしまう……。

……って、もふもふじゃなくておじいちゃん村長だよ！

「立ち話もなんですから、どうぞ中でお茶でも」

「ありがとうございます」

私がイーゼフ村長の招待を受けることにすると、薪割りのお兄さんは「仕事があるから」と爽やかに去っていった。


室内は木製で温かみのある家具で揃《そろ》えられていた。イーゼフ村長の奥さんがやってきて、「旅人さん？　珍しいわぁ！」と言いながら歓迎してくれる。

奥さんは笑顔がとても可愛らしい、上品な方だ。

花の刺繍が入った白色のエプロンをつけていて、「料理が好きなのよ」と話してくれた。

「ちょうど、朝に焼いたスコーンがあるのよ。フルリア茶と一緒にお出ししましょうね。猫ちゃんは……お魚かしら？」

「ありがとうございます。魚は調味料を使っていなければ、大丈夫だと思います。すみません、おはぎの分まで……ありがとうございます」

「おはぎちゃんっていうのね。変わった名前だけど、可愛いわね」

奥さんは不思議そうにしつつも、すぐ笑顔を見せてくれた。

この世界には、私が知る限りではあるけれど——食べ物のおはぎがないので、名前の由来がわからなくて不思議に思うのだろう。

猫のご飯を用意するのは大変だろうに、奥さんは嫌な顔ひとつせず「名前だけじゃなく、見た目も可愛い猫ちゃんね」とおはぎに微笑んでくれた。

「すまないね。客人が来ることはあまりなくて、ましてやお嬢さんのような若い子が来ることはほとんどないからの。嬉しいんじゃろう」

「いいえ。わたしこそ突然だったのに、歓迎していただいてありがとうございます」

イーゼフ村長も奥さんも、薪割りのお兄さんも、この村はいい人たちばかりだ。

「そういえば、光る花を見たんですけど……あれはなんですか？　イーゼフさんの家の前にも、モチーフにしたランプがありましたよね」

「ああ、あれはこの村の特産品で、フルリアという花なんじゃ」

なんと、花の名前と村の名前が同じだった。

「フルリアはこの村周辺でしか咲かない花なんじゃ。夜になると光るので、明かり代わりに使うこともあるんじゃ。花から採れる蜜は上質で、花びらを加工すると茶葉にもなるんじゃよ」

「すごい花なんですね」

フルリアは山の村側の斜面でしか咲いていないようで、村人が採取して加工などしているのだという。それを行商人に買い取ってもらい、生計を立てている村のようだ。

ほかにも、フルリアをモチーフにしたランプや装飾品、刺繍した衣類などを村の職人や女性で作っているのだという。

……これはぜひとも買って帰りたいね！

「お茶が入りましたよ」

奥さんの声と一緒に、ふわりとした花の香りが私の鼻をくすぐった。見ると、木のトレーにお茶とスコーンがのっている。

「わぁぁ、いい匂い」

「スコーンもお茶もたくさんありますから、召し上がってくださいね。おはぎちゃんには、これでよかったかしら？　渓流で獲れる魚の身を茹でたものなんだけれど……」

「ありがとうございます。十分です！」

お茶は薄い水色で、フルリアの蜜を入れて甘さを足していただくのがお勧めだと奥さんが教えてくれる。

お皿にはスコーンが二つ載っていて、フルリアの蜜とチーズクリームが添えられている。とっても美味しそうだ。

おはぎの前には茹でて冷ました川魚が置かれ、すぐ食べたいとおはぎの目がぎらついている。

「おはぎちゃん、どうぞ」

『にゃ～っ！』

奥様の声を聞くとすぐ、おはぎはぐはぐと魚を食べ始めた。ゴロゴロ喉を鳴らしながら食べているので、よっぽど美味しいのだろう。

……今度、私も魚をあげよう。

「そういえば、まだきちんと挨拶ができていなかったわね。私は妻のアイーダよ」

「ミザリーです。まだ旅は始めたばかりです」

「そうだったのね。どうぞゆっくりしていらしてね」

「ありがとうございます」

簡単に挨拶を交わして、私はさっそくフルリア茶をいただく。

蜜を入れるといいらしいのだけれど、最初はそのまま。こくりと一口飲むと、口の中にわずかな花の香りと、酸味が広がった。

……確かにこれは蜜を入れた方がいいかもしれない。

私が蜜を入れると、アイーダは「そのままだと、少し微妙でしょう？」とクスクス笑う。私は素直に頷いた。

「そうですね。ちょっと酸味が強くて、初めてだと飲みづらいかもしれません」

そう言いながら蜜を入れてみると、ほんのりしたほどよい甘さになった。先ほどと違って、すごく飲みやすい。

スコーンを手に取ると、温め直してくれたことがわかった。こうした気遣いができる奥様、とても素敵です！

二つに割り、まずは蜜をつけてスコーンをいただくことにした。口に含むと、外はカリッとしていて、中はふわふわに焼き上げられていた。

蜜の甘さは控えめだけれど、その分スコーンの美味しさが引き立っている。チーズクリームもコクがあって、味に深みがありこれまた美味しい。何個でも食べられそうだ。

「ん～、美味しいです！」

「気に入ってもらえて嬉しいわ。よかったら、茶葉も持っていってちょうだい」

「わ、ありがとうございます」

私とアイーダがニコニコ話をしていると、イーゼフ村長が「やはり女同士は会話が弾むのう」と笑っている。

それに返事をしたのは、アイーダだ。

「村は若い子が少ないですからね。ああ、そうだわ。ミザリーさん、今夜はどうする予定なの？　うちに泊まっていってちょうだい」

パチンと手を叩《たた》いて提案してくれるアイーダに、私はどうしようかなと考える。

数日間は滞在したいけれど、キャンピングカーを使ってキャンプもしてみたいのだ。

たとえば渓流の近くに開けた場所があったら、そこで釣りをして、焚き火で木の枝に刺した魚を焼いたりしちゃって、のんびり過ごしたいと思っている。

……とはいえ、まだ村のことはわからないことだらけなんだよね。

「でしたら、一泊だけお世話になってもいいですか？　明日からは、山の渓流付近でキャンプ――

野宿をしたいと思ってるんです」

「まあ、野宿を？」

「若い子が一人で、それは危ないんじゃないかい？」

アイーダとイーゼフ村長は目をぱちくりさせて驚いた。が、私だってキャンプがしたいお年頃だし、何日もお世話になるのは申し訳ないのだ。

「今までもおはぎと二人だったので、大丈夫ですよ」

私がそう言うと、アイーダは頬に手を当てながら「そうよねぇ」と頷いた。

「旅をしてきてるんだもの。過剰な心配は失礼になってしまうわね。ごめんなさいね、ミザリーさん」

「いえ！　心配していただけるのは嬉しいですから。ありがとうございます」

二人は私の意思を尊重してくれて、村で休みたくなったらいつでも相談するようにと優しい言葉をかけてくれた。


イーゼフ村長への挨拶を終えた私は、おはぎと村の中を見て回ることにした。その間に、アイーダが部屋を準備してくれるのだという。

……ありがとうございます！

村のことを、簡単にイーゼフ村長に教えてもらった。

「この村の特産品はフルリアの花で、雑貨屋さんに村で加工した品が置いてある……っと」

村にあるのはその雑貨屋一軒だけで、ほかに必要なものがあれば住民同士で物々交換をしたりもするそうだ。

狩ってきたお肉を育てた野菜と交換……とかね。

「それも楽しそうな生活だなぁ〜」

自給自足生活を思い浮かべていると、ふいに視線を感じた。村の子供二人がこっちを見ていた。植物の蔦《つた》でカゴを編んでいる。

「誰？」

「猫ちゃんだ！」

一人は不思議そうで、もう一人はおはぎを見てぱっと顔を輝かせた。

「こんにちは。旅をしてて、この村に寄ったんだ」

『にゃっ』

「「こんにちは！」」

私が声をかけてみると、二人とも挨拶を返してくれる。そして、「カゴを作って、売ってるんだ！」と教えてくれた。

カゴは少しいびつな箇所もあるけれど、手作り感が出ていて味のある仕上がりになっている。何より、蔦で編んでいるところが温かみがあってよい。

……果物とか食材を入れる用のカゴにしたいな。

「上手だね。カゴ、一つ……いや、二つ買ってもいいかな？　実はそういうのがほしかったんだよね」

「本当⁉」

「一つ二〇〇ルクだよ！」

お安い!!

私は二人から一つずつカゴを購入して、「ちょっとだけ聞いてもいい？」と質問をする。

「なんだ？」

「なんでも聞いて！」

「ありがとう。渓流で、すぐ横が開けてる場所を知ってたら教えてほしいんだ」

ぜひそこでキャンプをしてみたい

私が尋ねると、二人は「あそこは？」「向こうの方がいいんじゃね？」と何やら相談をし始めた。

私のお目当てになりそうな場所、いくつかありそうだね。

「かなり広いけど、道が細くて崖を登るところと……」

「広い道で緩やかだけど、そこまで広くなくてかなり山の上にあるところ……」

どっちがいい？　と問われて、私は即座に後者を選んだ。

どうせ歩きではないのだから距離は関係ない。むしろ、遠い方がスキル上げにはちょうどいいまである。

「簡単に道を教えてもらってもいいかな？」

「うん！　村を出たら、あっちにまっすぐ進むと、山の入り口の道があるから……」

「そこを道なりに登っていけば着くよ。荷馬車が通るように、道は均《なら》してあるんだ。あ、でも途中までだけど」

狩りの獲物や採取したものを運ぶために、山を少し入ったところまで獣道を手入れしてあるのだと説明してくれた。

初心者に優しい山だね！　ありがたや……。

「ちなみに渓流って、私でも魚が獲れるかな？」

正直、渓流釣りはしたことがない。

しかし魚は食べたい！　焚き火で焼きたい！　という欲望はめちゃめちゃあるのだ。

「それなら、雑貨屋に網と釣り竿《ざお》とか売ってるぞ。ねーちゃんでも獲れると思う」

「本当!?　やったぁ！」

思わず飛び上がって喜ぶと、「面白いねーちゃん！」と笑われてしまった。

「雑貨屋はあそこだぜ」

「看板が出てるお店だよ」

「あそこね。いろいろ教えてくれてありがとう、二人とも」

『にゃ～』

「「どういたしまして!!」」

私は二人にお礼を言って、教えてもらった雑貨屋へ向かう。

よーし、釣り道具をゲットするぞ！

雑貨屋のドアを開けると、カランとドアベルが鳴る音と同時に中から「いらっしゃい」という声が聞こえてきた。

「こんにちは。すみません、猫も一緒に大丈夫ですか？」

「ああ、構わないよ。珍しいお客さんだ」

初老の店員はにこやかに頷いてくれて、「ゆっくりしていっておくれ」と言ってくれた。

店内は一〇畳ほどの広さで、さっきの子供たちが作っていたカゴもいくつか置かれている。ほかには、フルリアの花をモチーフにした小物などの民芸品と、農作業品や狩りのための武器、日持ちのする食料などが並んでいる。

……村に一軒あるなんでも屋さんだね。

店内を見ていると、おはぎが商品に手を伸ばした。

『にゃにゃっ』

「こら、駄目だよ～」

私はおはぎに注意しつつも、確かに猫のおもちゃっぽいなと思った。おはぎが触ろうとしたのは、組紐《くみひも》の髪留めだ。

……これ、可愛いけどおはぎのおもちゃにいいね！

せっかくなので、私用とおはぎ用、二つを購入することにした。

そして本命の釣り竿！

壁に何本か立てかけてあって、網や木桶なども一緒に並んでいる。あとは餌も取り扱っているみたいだ。

釣り竿は木でできたシンプルなもので、一本ずつ大きさが違う。なので持ってみて、一番しっくりくるものを選んだ。もちろん、網と木桶も。

「おや、釣りをするのかい？」

「はい。渓流で釣りをして、そこで野宿をしようと思って。そういう風に旅をしてるんですよ」

さり気なく野宿好きだというアピールをすると、店員は「それは楽しそうだ」と微笑んでくれた。

「ただ山の天気は変わりやすいから、十分気をつけるんだよ」

「はい。ありがとうございます」

ここへ来るときは雨が降りはしなかったけれど、確かに山の天気は変わりやすいし、標高が高くなれば寒さも増すだろう。

……キャンピングカーがあってよかった。

私は組紐と、釣り道具一式を購入して、先ほど子供たちから買い取ったカゴにしまった。よし、これでいつでも釣りができるね。


買い物が終わった私は、村を軽く見て回った後、おはぎと遊ぶことにした。もちろん、さっきの組紐で！　だ。

ちなみに場所は村の広場の片隅です。

「よーし、いくよおはぎっ！」

『にゃ～～っ！』

私が組紐を高い位置で揺らしてみると、おはぎがお尻をフリフリしてからバッ！　と飛びかかってきた。

大ジャンプだ！

「おはぎ上手〜〜〜〜！」

『にゃっ！』

私がさらに組紐を振り回すと、おはぎはそれに合わせてジャンプをする。組紐目がけて一直線に跳んでくるのに、きっちり着地も決めるところが格好良い。さすがだ。

すると、突然パチパチパチパチと拍手が聞こえた。

「猫ちゃん、とっても上手ね」

「ありがとうございます」

どうやら通りすがりの村の人みたいだ。六〇歳くらいのおばあちゃんだ。

「私はアンネっていうの。あなたみたいな若い子が村に来るなんて、驚いちゃったわ」

「ミザリーです。私は旅をしてて、偶然ここを見つけて立ち寄ったんです」

「そうだったの。山奥でつまらない村ですけど、ちょっとでも楽しんでもらえたら嬉しいわ」

アンネがそう言って微笑んでくれたので、私も微笑み返す。

「ああ、買い物の途中だったんだわ。ミザリーさん、どうぞゆっくりしていってね」

「はい」

買い物に行くアンネを見送ると、私は再びおはぎとの遊びに戻る。すると何度目かで、おはぎが組紐をガッチリ摑《つか》んでしまった。

「あっ！」

サッと組紐を動かしておはぎを躱《かわ》していたのに、もう私のスピードに追いつかれてしまった！

え、天才……？

私がおはぎを褒めていると、おはぎは組紐に齧《かじ》りついてきた。

『にゃうっ！』

「って、さすがにそれは駄目だよ！　ボロボロになっちゃう！」

慌てておはぎから組紐を取り上げて、再び動かしてみる……が、おはぎは香箱座りをしてしまった。

「あれ？」

『ハッハッハッ』

「あ、疲れちゃったのか」

確かにいっぱいジャンプをしたら、疲れるに決まっている。私もおはぎの隣に座ると、『にゃう〜』とこちらに頭を擦《こす》りつけてきた。

「ふふっ、休憩したらまた遊ぼう」

『にゃ〜』

こうやっておはぎと目いっぱい遊ぶのも楽しいね。しばらくフルリア村と渓流スポットでのんびりしてもいいかもしれないと思った。

キャンピングカー間取り

Lv7 軽キャンパーバージョン

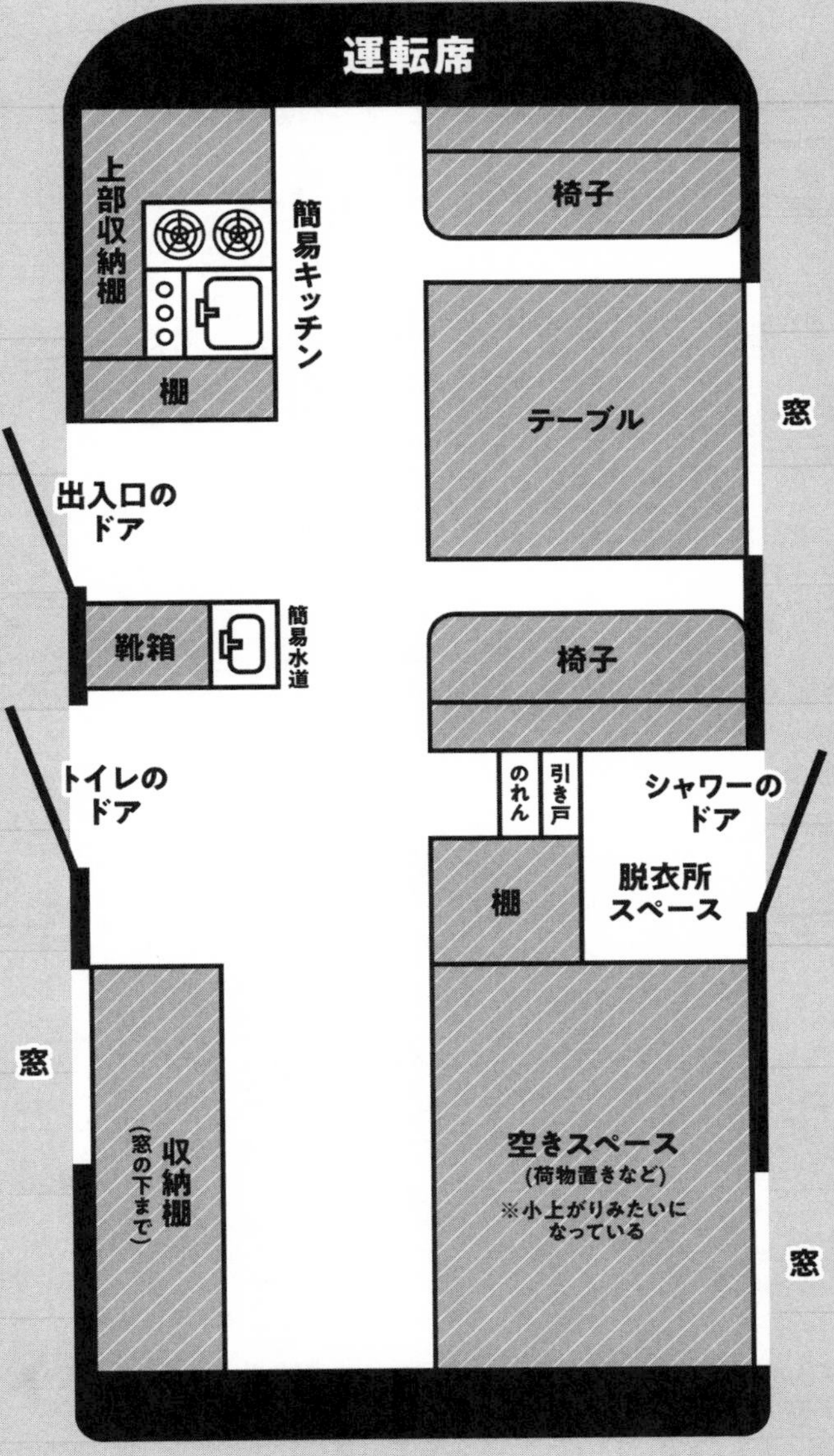

渓流キャンプ　～川魚の塩焼きとバターソテー～

夜はイーゼフ村長の家でお世話になって、朝ご飯をいただいてから村を出た。

旅の話をたくさん聞いたからお金なんていらないと言われてしまったが、さすがに申し訳ないので気持ちばかりだけど代金を置いてきた。

「ん～、今日も絶好のキャンピングカー日和だね」

『にゃ！』

私はスキルでキャンピングカーを出すとさっそく乗り込んで、子供たちに教えてもらった道を走り出した。


「あ、ここが山の入り口だね。確かに広くて、キャンピングカーでも通れそう！」

教えてもらった道を発見し、私は山の中を走っていく。山道も最初のころよりは緊張しなくなったし、いい調子だ。

しばらく走ると、ふいに川のせせらぎが聞こえてきた。

「あ、窓開けっぱなしだった」

うっかりしていたが、山の自然音がちょうどいいＢＧＭになっていて、まったく気にならなかったのだ。むしろ心地いいくらい。

ちなみに、おはぎは助手席ですやすやお昼寝中だ。

「あ、地図に川が映ってる」

地図といってもインパネに映っている自分の周囲半径一〇〇メートルほどなので、大したものは探せないが……こういうちょっとした変化は見ていて楽しい。

よーし、このまま渓流に向けてゴーゴーだ！


すぐに渓流は発見できた。

子供たちが教えてくれた通り、渓流のすぐ横がちょっとした広場のようになっていて、だいたいキャンピングカー三台分くらいのスペースがある。

「いいね、いいね！」

私はキャンピングカーを停めて、渓流すぐ横の木とキャンピングカーでタープを張る。ここが私の渓流ライフ拠点だ！

最初はモタモタしていたタープを張る作業も、少しだけど慣れてきた。このまま修練を積めば、キャンプの達人になれるかもしれない。

そして次にやることといえば、焚《た》き火!!

「魚釣りの最中に濡《ぬ》れたりしたら大変だからね」

先に火を熾《おこ》しておくことは、めちゃくちゃ重要だと思います。決して私がすぐにでも焚き火をしたいからではないのです。

現在地が山で木の枝がたくさん落ちているので、キャンピングカーに積んでいる以前集めた薪には手をつけない。あれはここぞというときに使うのだ。

「キャンピングカーの周囲ですぐ集まりそう」

最初の木の枝を拾って、そこから一歩進もうものなら木の枝が拾い放題だ。私は慣れた手つきで木の枝を集めて、これまた慣れた手つきで焚き火を完成させた。

「は～～、渓流横の焚き火、なんて絵になるんだ……」

もうここで暮らしたい。

思わずぼ～っと焚き火を見ていると、昼寝から起きたおはぎが『にゃっ』とこちらにやってきた。

「そうだった、お昼ご飯の魚を釣るんだったね。おはぎのご飯のために頑張っちゃうからね！」

『にゃっ！』

釣った魚を入れるための木桶《おけ》に渓流の水を入れて、釣り針に餌をつけて……いざ！

大きめの石に腰かけて釣り竿《ざお》を振って、渓流に投げ入れた。流れは比較的穏やかなので、魚が泳いでるのが肉眼でも確認できる。

私の釣り糸に魚が集まってきた。

「よしよし、そのまま餌をぱくりといって……くれない……」

近づいてきたり、餌をちょんちょんつついてきたりはするのだが、どうにも食べてはくれない。

うーん、思っていたよりも難しいかもしれない。

……まあ、時間はあるからのんびりいこうかな？

というわけで、私は釣りをしながらぼーっとする時間も楽しむことにした。

少し目をつぶってみると、自然の音が聞こえてくる。

目の前を流れる渓流の水の音、風で木々が揺れる音、焚き火がパチッとはぜる音。それからときおり、動物が走るような音や、鳥のさえずりなんかも聞こえてくる。それと、おはぎの寝息。

今は天気もいいし、おはぎの寝息を聞いていると眠くなっちゃいそうだね。

「魚が一匹でも釣れたら違うのかもしれないけどねぇ……」

釣れないかな～？

のんびりしようと思っても、やっぱり釣れてはほしいのです。

私は、そういえば前世ではキャンプ動画に関連して釣り動画も少し見ていたことを思い出す。渓流釣りではなかったけれど、そうそう違いはないはずだ。

「確か、餌を本物の魚だよ～的な感じで釣り竿を動かすんだっけ？」

練り餌なので、果たしてそれで本当に釣れるのかは謎なのだが、やってみる価値はあるかもしれない。

私は岩から立ち上がって、釣り竿をちょいちょいっと上下させてみた。これでただ釣り糸を垂らしただけの状態よりは改善したはずだ。

「さあさあ、お魚ちゃんカモン！」

見ると、先ほどちょいっと餌を弄《もてあそ》んでいた魚が再び興味を持ったようで近づいてきた。これはいけるかもしれない。

ドキドキしながら、私は魚と自分に言い聞かせながら釣り竿を動かしていく。あまり大きく動かさないで、ちょいっと動かすのがよさそうだ。

それから数十秒、体感では一分以上という攻防の末――魚が餌にくいついてきた。

「――ッ、今だ!!」

手に確かな引きを感じて、私は力いっぱい釣り竿を引いた。すると、まるで漫画みたいに釣り糸が弧を描いて魚が釣れた。

「はわー……」

あまりに見事に釣れたので、思わず呆然《ぼうぜん》としてしまったが……すぐにハッと我に返る。

「木桶に入れなきゃ!」

釣り上げた魚を木桶に入れて、ふうと一安心だ。

魚は背中の部分が黄土色っぽく、大きい斑点模様があった。完全に日本のものと一致するかはわからないけれど、見た目はヤマメに近いだろう。

『にゃっ、にゃっ!』

ふいに、いつの間にか起きたおはぎが木桶の中の魚に興味を示していた。手でちょんちょんしようとしているので、慌てて止める。

「こらこらおはぎ、駄目だよ!　食べるのは調理してから!」

『にゃうぅ』

残念というように耳をぺたりとさせたおはぎには申し訳ないけれど、あと数匹は釣りたいのでもう少し待っていてほしい。

よし、あと二匹釣れたらお昼ご飯にしよう！

それからしばらくして……木桶の中には三匹の魚が。

泳いでいる様子がなんだか可愛く思えてきて、食べるのがもったいなくなっちゃうね。とはいえ食べますが。

「よーし、お昼の準備にしようか」

『にゃっ！』

「私のには塩を振って、おはぎの分はそのままっと」

私はなんとなく雰囲気で魚の下処理をして、落ちていた木の枝を短剣で削っていく。先の部分を尖《とが》らせて、そこに魚を刺したらできあがりだ。

あとはこれを焚き火の周りの地面に刺して焼く……！

パチパチ音を立てる焚き火に、その周りを囲う二匹の魚。

「ファンタジーでよく見る光景だぁ～」

眺めているだけでもなんだか楽しいのに、魚が焼ける香ばしい匂いがただよってきてお腹がきゅるると音を立てる。

「っと、いけないいけない。その間にも一品作るんだった！」

玉ねぎを輪切りにして、たっぷり包み葉の上に並べる。その上に、もう一匹の魚を三枚に下ろした切り身、フルリア村で購入しておいたしめじ、バターをのせて塩コショウをかける。

そして完全に包んで、焚き火が弱めなところに入れて……蒸し焼きにする。しばらくすればできあがるだろう。

『にゃっ！』

「まだ焼けてないから、もう少し待っててね～」

食べたくてたまらないおはぎにそう言うと、『にゃぁん』と耳を下げた。私の言うことを聞いてくれて、本当におりこうさんだ。

何度か魚の焼け具合を確認して、ちょうどよい焼け具合で魚を刺した木の枝を手に取る。そしておはぎ用に身をほぐしていく。

ほわっとした暴力的な匂いの湯気が私を直撃して、早く食べたくてたまらない。

無事におはぎの分をほぐし終えたので、さあ、食事タイムだ。

「はい、おはぎ」

『にゃっ！』

おはぎは勢いよくはぐっ！とかぶりついて、『みゃっ』とゴロゴロ喉を鳴らしながら夢中で食べている。尻尾《しっぽ》の先がゆらゆら揺れているので、美味しくて仕方がないようだ。

……はあ、食べる姿も可愛いねぇ。

思わずおはぎを眺めてしまったけれど、自分の分も食べなければ！

「私もいただきまーす！」


私は魚のお腹部分に、ばくっとかぶりつく。

やはり豪快に食べなければ！

パリッと皮が弾ける音、そしてすぐやってくる柔らかくもジューシーな身。自分で釣り上げたということもあって、口の中に広がる魚の美味しさもひとしおだ。

「ん～～、美味しい～～！」

これなら何匹でも食べられてしまいそうだ。

私は夢中になって、あっという間に魚の塩焼きを平らげてしまった。これは癖になってしまう美味しさでしたよ。

そしてもう一品、焚き火の中で出番を待っている包み葉を見る。

「ふふふ、こっちも美味しく食べてあげるからね……！」

厚手の手袋をして包み葉を取り出し開くと、ふわっと香ばしいバターの香りが鼻に届く。すうっと大きく空気を吸い込んでしまったのは、仕方がないだろう。

魚の切り身はバターが溶け込んでいて、下に敷くように並べた玉ねぎはちょうどいい飴色《あめいろ》になっている。しめじがいいアクセントになっているので、見栄えもいい。

「あ～ん」

魚、玉ねぎ、しめじを一口でいただくという最大級の贅沢《ぜいたく》に、私は「ん〜〜っ！」とたまらない声をあげる。

「すご、これは魚の旨味……！」

バターが加わっているので、風味がダントツによくなっている。しめじも魚とバター、両方の美味しいところを吸収しているではないか。

「これもいつまでも食べてたい料理だね」

あっという間に完食してしまった。


隣を見ると、おはぎも食べ終わっていて、顔周りのお手入れをしている。

「ごちそうさま、おはぎ」

『にゃっ』

「お魚美味しかったねぇ。これは夜ご飯も魚で決まり――あれ？」

と思っていたら、ぽつりぽつりと雨が降ってきた。

「あちゃー、雨だね」

『にゃ〜っ』

おはぎはササッとキャンピングカーの中に逃げ込んでしまった。わかる、濡れるの苦手だもんねぇ。

山の天気は変わりやすいというけれど、タイミングが悪い。

「すぐやむといいんだけど……」

といった瞬間、突然ザアアアアアアッと雨の勢いが増した。

「ひえ〜っ！」

私もおはぎに続くように、慌ててキャンピングカーへ逃げ込む。持っててよかったキャンピングカー！

一応タープは張ってあるので渓流とキャンピングカーの間に簡易的な屋根はあるのだけれど、いかんせん雨の勢いがすごいのである程度の水は飛んでくる。

「これはしばらくキャンピングカーの中で様子見だね」

『にゃう』

すり寄ってくるおはぎのおでこを撫《な》でて、私は「お昼寝でもしよっか」と魅力的な提案を口にした。


ザアアアアという音で、ふと目が覚めた。

「ふあああぁぁ……。そういえば雨が降ってきたから、おはぎと昼寝したんだっけ」

欠伸《あくび》をしながらぐぐーっと背伸びをして、軽くストレッチをして体をほぐす。隣を見ると、おはぎはへそ天で寝ている。可愛い。

そして私は窓の外を見て——思わず「ひえっ」と声をあげた。

「めっちゃ雨!!」

雨音で起きたときに嫌な予感はしていたけれど、まさかこれほど本格的に降ってくるとは……。

「大自然、やば……」

タープはまだ出したままなので、しまった方がいいかもしれない。

この雨の中タープの回収は億劫《おっくう》だけど、もし木の枝が飛んできて破れてしまったりしたら大変だ。いいお値段したからね！

「ちょっと外に出てくるから、おはぎは車内にいてね」

『にゃう……』

おはぎがくあぁ～っと欠伸をしたのを見てから、私はタープを回収しに向かった。


ゴオオオォォッ。

「え、風……強ッ！」

思っていた以上の横殴りの雨で、尻込みしてしまう。こんな状況で作業するのは嫌だなぁ……。と思っていたら――足元まで渓流の水が迫ってきているっ!!

「ひゃあぁっ、これはやばい!!」

外に出るのが嫌だとか、そんなことを言っている次元ではない。

私は急いで、しかし慎重に外に出て、タープを回収する。水は足首よりしたくらいまでしかきていなかったので、ギリギリセーフだ。

びしょ濡れになってタープを回収しどうにかキャンピングカーに乗り込むと、私は一息つく間もなく運転席へ向かう。

『にゃ？』

「おはぎ、すぐここから離れなきゃいけなくなったから、出発するね！」

雨の中の運転というのは初めてだけれど、この大雨の中で川の横にいる方が危険だ。私はどうにかUターンをして、来た道を引き返していく。

傾斜なので水の流れがあるけれど、キャンピングカーはしっかり走ってくれている。大雨くらいであれば、まったく問題はなさそうだ。

「ふー、焦った――おわっ！」

やれやれ危機は脱出したと思ったからか、斜面から滑り落ちてきた倒木がキャンピングカーの側面に当たった。

「え、え、え？　大丈夫なのこれ？」

ドッドッドッと早くなる心臓を落ち着かせながら、窓から周囲の様子を見る。

落ちてきた倒木は直径五〇センチメートルほどの大きさだった。

キャンピングカーに当たって道の端に行ったので、避けて通る分には問題なさそうだが……絶対に傷がついてるだろうなぁと、凹《へこ》む。

「せっかくここまで無傷で来たのに……まさかの転がり倒木に出くわすとは!!」

この世界には修理工場もないし、どこかの大きな街で金属加工のできる職人あたりを探してみてもらうしかないかもしれない。

そんなことを考えつつ、私は再び走り出した。

そしてどうにか山の下まで来た私は、「ふー」っと大きく息を吐いた。

「さすがに雨の中の山道は、緊張するね」

『にゃ？』

「……おはぎは水滴を見て楽しそうだったね」

私はクスクス笑いながら、おはぎのあごを撫でる。

「さて、これからどうしようかな」

ここ一帯はフルリア村しかないため、元々歩いている人が少ない。今は雨のため、さらに歩いている人が少ない。

……もしやある意味、絶好のドライブ日和じゃない？

走っているうちに天気も変わるかもしれないと思った私は、せっかくなのでこの辺を走ってみることにした。

車なら、この盆地もあっという間に一周できるだろう。

「――って、向こうの方は晴れてきてるね。よし、ちょっとドライブだ！」

『にゃっ！』

ブロロロロ……とキャンピングカーを発進させて、いざゆかん！

虹の終着点での出会い

雨上がりの誰も歩いていない大草原を、キャンピングカーで走り抜ける。これほど気持ちいいことがあるだろうか。

どこを見渡しても山々が連なっていて、絶景だ。

「――あ、虹だ！」

『にゃ！』

雨が上がって、空に大きな虹がかかっていて綺麗だ。

ビルのように遮る大きな建物がないので、虹の麓まで見えて……ちょっと行ってみようかな？ という気持ちになってくる。

「よーし、ちょっと虹を目指してみようか！」

『にゃっ』

私はキャンピングカーに泥が跳ねるのもお構いなしに、わくわく気分で走り続けた。


それから三〇分くらい走っただろうか。

ちょうど虹がかかっている麓に着いたところで、《ピロン♪》とレベルアップの音が響いた。

悪役令嬢はキャンピングカーで旅に出る
〜愛猫と満喫するセルフ国外追放〜
著／ぷにちゃん
イラスト／キャナリーヌ
余命半年と宣告されたので、死ぬ気で光魔法を覚えて呪いを解こうと思います。III
I have been told that I have only six months to live, so I am determined to die and learn "light magic" to break the curse
〜呪われ王子のやり治し〜
著／熊乃げん骨
イラスト／ファルまろ

『にゃっ！』

「おお、レベルアップ！　過酷な雨の山道を走ったから、経験値がいっぱい入ったのかな？」

音が鳴ったからか、おはぎは興味深そうにインパネを見て――って、ええっ⁉

「カーナビが実装されとる‼」

今まではインパネに映っているのは近くだけだったのに、道やフルリア村などが表示されているではないか。これはすごい。

そして、丸い点も映っていて、色は赤と青、動いているものと止まっているものがある。

「……なんだろう？」

丸い点は山の中に青、フルリア村には赤と青、という風についている。

「赤は村だけ……？」

私はもしや……と思いつつ、村をズームして見た。すると、家の中で赤丸が動いてるではないか。

「これ、人なんだ……」

誰かということまではわからないけれど、カーナビで人の有無がわかるのは、走るときにとても便利だ。

――事故を防げるってことだからね！

「じゃあ、青はなんだろう？　動いているのもあるから、村で飼ってる動物とかかな？」

もしくは人間以外というざっくりした点なのかもしれない。

私はほかにも機能がないか見ていくと、カーナビ設定というものがあった。そこには、赤丸と青丸の表示範囲や密度などを設定できるようになっている。

「へぇ、これは便利……」

今の設定を確認すると、標準だ。

表示範囲を広めたり、狭めたりすることができるらしい。ちゃっかりというかなんというか、ブラックリストというものもある。

……登録した人が近づいてくると、警告音で知らせてくれるんだ。

なんとも便利な機能である。

青丸に関しては、強さやレア度などでも表示の有無を決められるみたいだ。

「やっぱりこっちは魔物とか、動物とか、そういうのが対象みたいだね」

こっちも設定は標準なので、今のところはこのままでいいだろう。別に魔物と戦う予定はないので、強い奴から逃げられればそれでいいのだ。

「……って、あれ？」

よく見ると、すぐ近くにも赤い丸があるではないか。

一瞬自分？　とも思ったけれど、私がいる場所にはキャンピングカーのマークがあるので、キャンピングカーに乗っている場合は表示されないみたいだ。

「村の人か誰かがいるのかな？」

……でも、赤丸は動く様子はない。

「え、もしや事件？　見に行った方がいい……？」

『にゃ？』

先ほどまで雨が降っていたので、予期せぬ怪我で動けなくなっている人がいるのかもしれない。

だとしたら、助けて村まで送り届けねば！

私は慌ててキャンピングカーから降りて、周囲を見る。

すると、ちょうど頭上に虹が見えて——その終着点に、人が倒れていた。

「人!!　大丈夫ですか⁉」

私は慌てて駆け寄って、声をかける。

倒れていたのは私と同じ歳くらいの男の子で、オレンジブラウンの髪色だ。気を失っているようで、声をかけても反応がない。

……こういうときって、変に動かしたりしない方がいいんだよね？　もし頭を打っていたら大変なので、まずは外傷を確認することにした。

「すごく大きな怪我！　っていうのはパッと見ないけど、小さな怪我は多そう。体も泥だらけだし、血がにじんでいる個所もいくつかある……」

だけど気絶していることを考えると、どこか打ちつけた可能性もある。血は出ていなくとも、重傷なことだってあるのだ。

『にゃぁ……』

おはぎが心配そうに男の子を見ているので、私は「大丈夫だよ」と頭を撫《な》でてあげる。

「一応、ポーションがあるから……使ってみよう」

数は多くないけれど、もしものときにポーションを用意してあるのだ。私は急いでキャンピングカーからポーションを取ってきた。


この世界には、ポーションの種類がいくつかある。

初級ポーションは、軽い怪我を治し、体力を少し回復してくれる。

中級ポーションは、怪我を治し、体力を回復してくれる。

上級ポーションは、大きな怪我を治し、体力を大幅に回復してくれる。

それ以上のポーションもあるけれど、錬金術師の腕が必要になってくるため、市場に出回る数はぐっと減る。

ちなみに上級ポーションは深く大きな傷や骨折は治せるけれど、時間が経ってしまった場合や、切断などで失ってしまった体を治癒することはできない。

元々ゲームの世界だけれど、なんでもかんでも万能とはいかないのだ。


私が持っているのは、初級ポーションが五本、中級ポーションが三本、上級ポーションが一本だ。

「うーん……。外傷は小さな切り傷だけど、数が多いから初級じゃ間に合わないね。でも、気絶していることを考えると、私が気づいてないだけで大きな怪我をしてるかもしれないから……上級ポーションかな?」

よし、そうしよう。

私は男の子の横にしゃがみ込んで、上級ポーションを男の子の口元に持っていく。……が、上手く飲み込んでくれない。

「むぅ……」

気絶している人に何かを飲ませるということがこんなに大変だったとは。

……そういえば少女漫画とかだと、口移しで飲ませたりしてるのが鉄板だもんね。

なるほど理由がちゃんとあるのかと納得しつつ、しかし私は少女漫画のイケメンではないのでそんなことはしない。

心の中でごめんねと思いながら男の子の鼻をつまんで、一気にポーションを流し込んだ。間違いなくむせるだろうけど、回復するから大丈夫だよ……！

「――ゲホッ、うっ、えふっ、……っあ？」

『シャーッ！』

よかった、目が覚めたしポーションもちゃんと飲んでくれた。

そして男の子が豪快にむせたのでおはぎがめちゃくちゃ警戒してしまった。……ごめん。

「はぁ、はぁ、は……っ、あ……痛くない……？」

男の子は目をぱちくりさせて、自分の体を見ている。そしてゆっくり安堵《あんど》の息をついて、「生きてる……」と小さな声で呟《つぶや》いた。

その様子から、やはりかなり重傷だったのだということがわかる。

「大丈夫ですか？」

「――っ！」

声をかけると、どうやら私に気づいていなかったらしく、男の子が琥珀色《こはくいろ》の目を見開いてこちらを見た。

「だ、誰だ……？　っていうか、ここは……」

男の子はキョロキョロ視線をさ迷わせながら、こちらを警戒している。まあ、最後の記憶が死ぬかもしれなかったみたいだから、それも当然だ。

私は男の子を安心させるように、ゆっくり声をかける。

「私はミザリー。それから猫のおはぎ。通りかかったら、倒れてるあなたを見つけたんだよ。意識が戻らなかったから、無理やりポーションを飲ませたの」

「――！　だから怪我がないのか。……命の恩人だったんだな。ありがとう」

「いえいえ」

私の言葉に、男の子は肩の力を抜いたようだ。

「たぶん怪我は治ったと思うんだけど、調子はどうかな？　動ける？」

「えっと……」

問いかけると、男の子はゆっくり立ち上がって体を動かした。

どうやら問題なく動かせているみたいだけど、心なしか左腕を動かしていないような気がする。

体を捻《ねじ》った反動でついでに左腕が動いている、という感じだ。

……もしかして、怪我が治りきらなかったのかな？

ポーションの品質が悪かったり、ポーションの効果よりも酷《ひど》い怪我だったりした場合は完治しない。

私がじっと左腕を見つめていたら、男の子は「ああ、これは違うんだ」と苦笑した。

「元々、左腕は魔物にやられて動かなかったんだ。今回負ったやつは、綺麗に治ってる。背中を強く打ちつけてもう駄目だと思ったんだが、それもまったく痛くない。……………いったいどのポーションを使ったんだ？」

なるほど、左腕は元々のものだったのか。

時間が経つ前にポーションを飲んでいれば治ったかもしれないけれど、今はもう無理だ。どうしても治すのであれば、もっと効果の高いポーションを手に入れるしかないだろう。

「元気になったならよかったよ。使ったのは、上級ポーションを一本だね」

「上級ポーション!?」

私の答えを聞いた男の子は、目玉が飛び出るのではというほど驚いた。

「あんな高価なものを、見ず知らずの俺に使ったのか!?　あれ一本買う金で、半年は余裕で暮らせるだろう!?」

「いや、だって重傷そうだったから」

「だからって……お人好しすぎるだろ」

男の子は「はあぁぁ……」と大きくため息をついて、項垂《うなだ》れた。

「でも、だから俺は助かったんだもんな……。本当にありがとう」

「いえいえ」

私が笑ってなんでもないという風に手を振ると、男の子は「ただ……」と言葉を続けた。

「あいにく今は手持ちがないんだ。必ずポーション代は払うから、少し待ってもらっていいか？」

「それは、いいけど……」

ポーション代金のことはまったく考えていなかったので、きちんと払うという男の子の姿勢に好感が持てる。

勝手に助けたんだろ！　と言って、どこかに行ってしまうことだってできるのに。

男の子はハッとして、私とおはぎを交互に見た。

「ごめん、名乗ってなかったな。俺は冒険者をしてるラウルだ」

「ラウル君！」

「いや、呼び捨てでいいし」

「そう？　じゃあ、私もミザリーって呼んで」

私が笑顔でそう告げると、男の子――ラウルは「ああ」と頷《うなず》く。そして私の後ろにあるキャンピングカーを見て、目が点になった。

「え？　なんだその、でっかい？　の？」

「あ――……私のスキル、キャンピングカーだよ！」

見られてしまったものは仕方ない。

私はジャジャーン！　と効果音が鳴る勢いで、キャンピングカーを紹介した。

「キャンピングカー？」

ラウルの頭の上には、それはもうたくさんのクエスチョンマークが浮かんでいることだろう。

この世界には、キャンピングカーどころか自動車だって存在しない。主な移動手段といえば、馬車だからね。

……あ、やっぱりさっきのところ傷になってる。

車体についた傷を見つけて、ちょっぴり凹《へこ》む。

『にゃぁ』

「おはぎ？　……あ、また雨雲が出てきたね」

やはり山の天気は変わりやすいみたいだ。

このまま外にいると濡《ぬ》れてしまうので、私はラウルを手招きする。

「雨が降りそうだから、ひとまず中に入ろう」

「え？　あ、ああ……？」

キャンピングカーのドアを開けると、ラウルの「中が部屋みたいになってるのか」という呟きが聞こえてきた。

……戸惑わせてしまってごめんなさい。

「土足厳禁だから、靴は脱いでね」

「わかった」

私は靴箱に入っていたスリッパを出すが、ラウルが躊躇《ちゅうちょ》した。

「俺、すげぇ汚れてるから、そんな綺麗なの履けない」

「え？　ああ、そうか泥だらけだったね」

これは先にシャワーを浴びてもらった方がよさそうだ。さすがにこのまま、というわけにはいかない。

私はとりあえずタオルを濡らして、「足だけ拭いて」とお願いする。それができたら、シャワールームへと案内した。

「外から見るより、広くないか？」

「あー……。私のスキルだから、そういうものだと思ってもらうしかないかな？」

「お、おう……？」


戸惑いを隠せないラウルを脱衣所に押し込み、使い方を説明して、私はキッチンへ向かう。すると、「なんだこれっ！」というラウルが驚いた声が聞こえてきて、思わず笑ってしまった。

初めてのシャワーだったら、驚くよねぇ。

「ラウルが出てくるまでに、簡単に食べられるものを用意しておこう」

といっても、大したものがあるわけではない。

パンとチーズ、あとは野菜とお肉に果物だ。

……酷い怪我だったみたいだけど、ポーションで治療したから普通に食べられるかな？

私はお肉を焼いて、パンにサラダと一緒にはさんでサンドイッチを作った。あとはジャガイモのスープだ。

「よしよし、いい感じ」

私の用意が終わったタイミングで、ラウルが出てきた。

「すまない、ありがとう。というか、あれは本当にスキルなのか？　お湯が出てきたんだが、どういう仕組みになってるのかまったくわからない……」

「あははは」

それは私もわからないのです。

「まあ、このキャンピングカーのおかげで平和に旅を続けられてるから、深く考えないようにしてるよ」

私の言葉を聞いたラウルは、大きくため息をついた。

「よく今まで悪い奴に狙われなかったな……。このスキルじゃ、見たら全員驚くだろう？」

「ああ～、確かに全員に驚かれたかな？」

クロードをはじめとした貴族たちや、道中で出会った冒険者のパーティもめちゃくちゃ驚いていた。けれど旅に出てからは、私からキャンピングカーを奪おうとした人はいなかった。

「というか、スキルだから奪うなんて無理じゃない？」

「そんなことはない。痛めつけられて無理やり服従させられたり、人質を取られて脅されたりするかもしれない。もしくは、そういった類のスキルやアイテムを使われた可能性もある」

「――っ！」

まったく予想していなかったことに、私の喉がひゅっと鳴った。

乙女ゲームから解放され、自由になった。

そう思った私は、極端に危機管理能力が下がっていたようだ。今までは自分の家を含め、警戒する相手が明確だったから常に気を張っていたのに。

……最近の私、気を抜きすぎだったかもしれないなぁ。

私が静かに反省していると、「ごめん、言いすぎた」とラウルが焦っている。

確かにいきなり言われて驚いてしまったけれど、ラウルの言葉は何一つ間違っていないし、私に改めて危機感を持たせてくれたのはありがたい。

私は首を振って、「そんなことないよ」と笑う。

「今まで気を抜きすぎだった自覚はあるから、ちょっと引き締めていこうと思うよ！」

キリッとしながら宣言してみると、ラウルはぷっと噴き出して笑う。

「そっか、ならよかった」

「いや〜、自由に旅をしてるといろいろ油断しちゃうよね。っと、ご飯にしよう。簡単なものしかないけど、用意したから」

「ありがとう」

私とラウルは向かい合って座り、さっそく食事にした。

簡単な料理だけど、ラウルは「美味《うま》い！」と嬉《うれ》しそうに食べてくれる。よほどお腹が空いていたみたいだ。

おはぎも鶏肉を美味しそうに食べてくれている。

ある程度食べたところで、私はラウルに声をかけた。

「でも、ラウルはどうしてあんなところで倒れてたの？」

聞いていいかわからなかったけれど、気になるので聞いてみた。もし話したくないなら話さなくていいという旨も伝えつつ……。

でも、ラウルはあっさりと話してくれた。

「……強い魔物が出て、仲間からおとりとして見捨てられたんだ」

「は？」

まったく意味不明なラウルの言葉に、私はもう一度「は？」と呟く。たぶん人生一ドスの利いた声だったたと思う。

「何それどういうこと⁉　仲間じゃなかったの⁉」

「あー……。元々パーティを組んでる仲間がいたんだけど、俺が少し前に怪我をしてさ……」

ラウルは苦笑しつつ、起こったことを話してくれた。

冒険者のラウルは、仲間とパーティを組んで依頼を受けて生活していた。

しかしあるとき、魔物からの攻撃で左腕がほとんど動かなくなってしまったのだという。森の奥地で上級ポーションがなく、その場で回復ができなかったそうだ。

街に戻ってからでは、上級ポーションでも回復は間に合わず……ラウルは冒険者として致命的すぎるほどのハンデを負うことになってしまった。

その後もパーティとして一緒に行動はしてきたが、ラウルの戦力ががくりと落ちたこともあり、少しずつぎくしゃくしていったのだという。

そして何度目かの依頼——今回、想定していなかった強い魔物が出て、パーティは絶体絶命に陥った。パーティが全滅するくらいならばと、仲間はラウルを魔物の前に突き飛ばした——。

ラウルは運よく命だけは助かり、どうにか逃げようとして倒れた先がミザリーと出会った場所だったのだという。

「何それ～～～!!」

酷い、酷すぎる!!

キャンピングカーで体当たりして遥《はる》か彼方までぶっ飛ばしてやりたい!! 私がそう思ってしまったのも、仕方がないだろう。

「だからあんな怪我をしてたんだね。許せないね……」

私が手を振りながら怒りをあらわにすると、ラウルはぶふっと噴き出した。

「ちょ、なんで笑うの」

「いや……。そりゃあ、俺だって怒りはあるけどさ。誰かに怒ってもらうって、地味にスッキリするんだと思って」

「私は全然スッキリしてないんですけど!?」

むしろモヤモヤが増したんですけど!?

「仲間のところに戻って復讐《ふくしゅう》したいとかは思わないの？」

「うーん……。でも、まずは生活面を立て直さないといけないから、正直そこまで考える余裕はまだないかもしれないな」

「ああ、生活面……」

それには私も激しく同意する。

私が神妙な顔をしたからか、ラウルが「気にしないでくれ」と苦笑する。

「左腕は使えないけど、ある程度の魔物なら倒せるから……冒険者を続けながら建て直すさ。荷物はほとんどないけど、また稼げばいいし」

「そっか……」

たくましすぎるラウルを見て、私も本腰を入れて生計を立てる術を考えていかなければと思う。

一つの場所にとどまらず旅をする予定だから、定職に就くのは難しいかもしれないけれど。

「それで、ポーションの返済の件なんだけど……」

ラウルはどこか言いづらそうにしながらも、言葉を続けた。

「こういう状況だから、すぐに返すのは難しいんだ。だからその間、ミザリーの護衛として置いてくれないか？　ポーション代の利子だと思ってくれたらいい」

「え……」

思いもよらない提案に、私はどうしようか思案する。

正直、護衛してくれるというのは……かなり魅力的だ。

私のスキルはキャンピングカーだけで、ほかに魔法を使うことはできない。何かから逃げることはできるけれど、障害物が多かったり道が細かったりしたら詰む。

ラウルはキャンピングカーを見ても、私の心配をしてくれた。あくどい人ではないだろう。

……まあ、ポーション代金を返済するまでの間だもんね。

「わかった。よろしくね、ラウル」

「――！　ああ、よろしく。ミザリー！」


テッテレー！

ラウルが仲間になった！


最初は行き当たりばったりで国を飛び出た私だけれど、ラウルが仲間に加わったので今後の目的地はきちんと決めた方がいいのでは……と考える。

「ねえ、ラウル。行きたい場所とかある？」

「え？　いや、そこはミザリーの行きたい場所でいいんじゃないか？　ないのか？」

聞き返されてしまった。

「私は国を出て、旅してるんだけど……いろいろなところに行きたいだけで、目的地はないんだよね。ラウルに行きたいところがあれば、そこに行くけど」

私が簡単に事情を説明すると、ラウルは「そういうことか」と言って候補をいくつかあげてくれた。

「仕事の依頼を受けるには、冒険者ギルドがある街じゃなきゃ駄目なんだ。ここらだと、ココシュカの街かトットの街だな」

「あ、私トットの街の方から来たんだよ」

「なら、ココシュカに行くのがいいか？」

「うん！」

ラウルの言葉に大きく頷いて、ココシュカが楽しみになる。

ここは大きな貿易都市で、いろいろなものが売っていると本で読んだことがある。私のキャンピングカーの居住スペースが充実すること間違いなしだ！

行き先が決まると、すぐにでも出発してしまいたくなるから困る。

……もう数日はここら辺で過ごそうと思ってたのに！

フルリアの工芸品だってもう少し見てみたいし、山歩きにもちょっとだけ憧れる。けど、今はラウルを襲った恐ろしい魔物がいるみたいだからやめておこう。

「って、ラウルを襲った魔物って村の人に伝えた方がいいよね？　山に入ることもあるだろうし」

「フルリア村と、ココシュカの冒険者ギルドにも伝えた方がいいだろうな……。討伐依頼が出るか、警告を出してくれるはずだ」

「なるほど」

それなら、すぐにでも村へ知らせに行った方がいいだろう。雨がやんだので、村の人が山に入ってしまうかもしれない。

「ラウル、急いで村に教えに行こう！」

「ああ。……って、何してるんだ？」

私が居住スペースから運転席へ移動するのを見て、ラウルが首を傾げている。

「ふっふー、これぞキャンピングカーの神髄！　ラウルもこっちに座って、ほら！」

「お、おお」

戸惑うラウルを助手席に座らせ、問答無用でシートベルトを締める。

「よし、出発だ！」

『にゃ！』

「お、おー！」

ラウルもちょっとノッてくれた。


運転席に座って、私はインパネを操作してラウルをキャンピングカーに登録する。これで、居住スペースに自由に出入りできるだろう。

私がハンドルを握ると、ラウルが不思議そうな顔をしているがお構いなしだ。ゆっくりアクセルを踏むと、キャンピングカーが走り出した。

「えっ⁉　動いた⁉」

『にゃ』

ラウルは目を大きく開いて驚いて、前に横に後ろにと忙しなく首を動かしている。「え、ちょ、はや……」と景色の流れるスピードに釘付《くぎ》けだ。

この世界の乗り物といえば馬車だから、速さは比べ物にならないだろう。

おはぎは慣れたものなので、どこかドヤ顔で私とラウルの間に座っている。

「なんだこれ、すごすぎるだろ……」

いつまでも驚いてくれているラウルに、私は調子に乗っていく。

インパネを指さして、「ここに周辺の地図が出てるんだよ」と教える。赤い丸が人間で、青い丸が魔物や動物などだ。

「これのおかげで、ラウルを見つけることができたんだよ」

「………」

私がドヤ顔で説明したが、ラウルの反応が消えてしまった。

……もしかして、ちょっと調子に乗りすぎた？

そう思ってラウルを見ると、言葉を失うくらい驚いているではないか。何度も瞬きをして、外を見て、地図を見て、目を閉じて何かを考え込んでいる。

「…………いやいやいやいや。なんだそれ、反則すぎるんじゃないか？　地図だけでもすごいってのに、人や魔物の位置がわかる？　ふざけすぎだろ……」

あまりのぶっ壊れ性能で驚かせすぎてしまったらしい。

「しかもこの地図、自分を中心に見れるってのもすごい。範囲はそこそこだけど……」

「あ、範囲は動かせば変えられるよ？」

「？」

この世界ではタッチパネルなんてなかったなと思い、私は実際にインパネの地図に指で触れる。

縮小拡大はもちろんのこと、指をすいすいーっと動かすともっと先まで見ることができる。

「は……？」

予想外だったのか、ラウルの目が驚きで点になった。

「便利だよね」

「いや、だから便利とかそういう次元を超えてるというか……」

……そういえば、行き先はココシュカの街だったっけ。

私はココシュカを探すように、地図を移動させていって……見つけた。

「ここがココシュカの街だね。キャンピングカーだと一日から二日っていうところかな？」

ココシュカの街は今までの街や村よりずっと大きくて、いろいろ買い物ができそうだなと思う。

「……はぁ。もう驚きすぎてなんて言ったらいいかわからないんだが」

「でも、便利でしょう？」

「便利すぎてびっくりする……。火も水も使えて、休憩もできて、その上走る？　これはなんだ、家なのか？　馬車なのか？」

ラウルの言葉に、私は「そうだねぇ」と苦笑する。

「キャンピングカーだから、キャンプをするための車って感じなんだけど……こっち風に言うと、気軽に野宿するためのもの！　かな？　野宿好きにピッタリ！」

「……進んで野宿をしたい変わり者なんて、そうそういないんじゃないか？」

「ソウダネ……」

たぶん焚《た》き火に趣を感じたり、テンションを上げちゃったりする人もそういないと思う。しかし私は好きなのだから、仕方がない。

「ただ、ミザリーみたいに旅をしたいっていう場合には便利だな。女性の場合は、どうしても野宿が苦手な人もいるし」

「それはあるかもしれないね」

私もガチキャンプより、キャンピングカーで緩く行きたいところだ。

たまーに、ガチるのはありだと思うけれど、普段はのんびりゆったりでいいのです。

そんなことを話している間に、フルリア村が見えた。


私は村の手前でキャンピングカーを停めて外へ出る。

「――あ！　ラウルは靴箱に靴をしまったままだったね。居住スペースから降りてきてくれる？

私はこっちにも靴を置いてたから……」

「あ、ああ。わかった」

ラウルが居住スペースへ向かうと、おはぎは『にゃぁ』と鳴いて私の肩へ飛び乗ってきて頬に頭を擦《こす》りつけてきた。

……もしかして、ちょっと寂しかったのかな？

なんだか甘えん坊なおはぎの一面を見れて、にんまりしてしまった。

私がラウルと村に入ると、薪割り――薪のお兄さんがいた。

「お、雨は大丈夫だったか？」

「ええ、なんとか」

「で……そっちの兄ちゃんは、ツレか？」

最初に村へ来たときにいなかったラウルを見て、薪のお兄さんは不思議そうに首を傾げている。

あまり人が来ないからだろう。

すると、ラウルが一歩前に出た。

「いや、俺は魔物にやられて倒れてたところを助けてもらったんだ」

「なんだって⁉　大丈夫だったのか？」

薪のお兄さんは息を呑《の》んで、ラウルをじっと見た。怪我がないか確認してくれているのだろうけれど……幸いポーションのおかげで完治している。

怪我がないと判断したのか、薪のお兄さんはホッと胸を撫で下ろして状況を教えてくれと言った。

「向こう……北の山にリーフゴブリンが出たんです」

「「リーフゴブリン⁉」」

私と薪のお兄さんの声がハモる。

リーフゴブリンはゴブリンの亜種で、植物を操るという特性を持っている。鋭い葉を宙に舞わせて高速攻撃をしてきたりするし、蔦《つた》で罠《わな》のようなものも作ってくる厄介な相手だ。

かなり熟練の冒険者でも、一人で倒すのは難しいのではなかろうか。

「そりゃあ危険すぎる。よく無事だったな……」

「どうにかね」

ラウルの言葉に頷いて、薪のお兄さんは「村長に伝えてくる！」と駆け出して行った。その途中で、「北の山にリーフゴブリンが出たぞ！」と叫んでいる。

「とりあえず、村はこれで大丈夫そうかな？」

「ああ。そんなに大きな村じゃないし、すぐ伝わるはずだ」

「よかったぁ～！」

あとは冒険者ギルドに行って、リーフゴブリンの討伐を頼めば問題ないだろう。

「でも、急いで討伐してもらわなきゃだよね。リーフゴブリンが移動しちゃうかもしれないし、安心して生活できないよ」

私の言葉にラウルが頷いて、「可能な限り早く報告した方がいいな」と告げた。

村で食料を調達したら、そのまま出発してしまった方がよさそうだ。さすがに、危険があるかもしれない状況でちんたらしてはいられない。

「ラウル、私は食料とかを買ってくるよ！　ラウルはここで、村の外に出かける人がいたらリーフゴブリンのことを教えてあげてほしいの」

「わかった」

互いに役割を決めたので、私は急いでお店へ走った。この役割にしたのは、村の中を把握している私が買いに行った方が早いからだ。

「こんにちは！」

「おや、釣り竿《ざお》のお嬢ちゃんじゃないか。釣れたかい？」

「バッチリ！　って、今はそれどころじゃなくて……」

釣った魚を美味しく食べたことなどを話したかったのだが、そんな余裕はない。私は北の山にリーフゴブリンがいるということを伝えた。

そのため、急いで冒険者ギルドにそれを知らせに行くため食料がほしいということも。

「なんと、リーフゴブリンが……!?　それは大変だ。ギルドに知らせに行ってくれるのなら、遠慮なく持っていってくれ」

保存食を中心にいろいろ持たせてくれようとしたけれど、その量が多かった。私とラウル二人で、軽く五日は過ごせそうなほどで。

……って、そうか。キャンピングカーじゃなかったらそれくらいの日程になるのか……。

「まだ保存食もありますし、私はスキルのおかげで移動が速いんですよ」

なので、用意してもらった量の半分ほどを買い取らせてもらった。

私が買い物を終えて村の入り口に戻ると、ラウルだけではなくイーゼフ村長も一緒だった。どうやら詳しい話をしているみたいだ。

「お待たせ！」

「ミザリー。今、村長に状況などを伝えたところだ」

「ありがとう」

雨が降っていたこともあって、ほとんどの人が村にいるようだ。今、薪のお兄さんが村中を駆け回って所在確認をしているところらしい。

……とりあえず大丈夫そうだね。

私がほっとしたところで、またポツポツと雨が降ってきた。

「今日は天気が悪いようじゃの……。ミザリー、冒険者ギルドへ連絡してくれるとダンから聞いた。すまないが、よろしく頼む」

イーゼフ村長が私に深く頭を下げてきたので、慌てて「大丈夫ですよ！」と手を振る。この村には来たばかりだけれど、優しく温かい村だし、私だって力になりたいと思う。

「何かあったときはお互い様っていいますし。急いで行って、討伐してもらうように伝えますね」

「ありがとう。そうじゃった、アイーダからこれを預かっておる。よかったら道中に食べてくれ」

「スコーン！　ありがとうございます」

アイーダのスコーンはとっても美味しいので、思わず頬が緩む。これは頑張って冒険者ギルドに行かなければいけないね！

私たちはあとのことをイーゼフ村長に任せて、フルリア村を出発した。

ブロロロロ〜っと爽快に……とはいかないかもしれないけれど、雨の中をキャンピングカーで走っていく。

目指すはココシュカの街だ。

そして嬉《うれ》しいことに！　なんとカーナビで目的地をココシュカの街に設定したらルートを出してくれたのだ！　いや、カーナビだから当然なのだけれど、すごい！と思ってしまった。

日本と違ってきちんと舗装されている道が多いわけではないので、『気持ち左方面に進みましょう』とか『もう少し右寄りです』とか、そんなナビだけれど。

「雨が降ってるから、歩いてる人がほとんどいないね」

これならば、多少飛ばしても問題はなさそうだ。

「しかし、本当にすごいスキルだな。山道をこんな楽に登れるなんて、とんでもないぞ」

「あははは」

私もめちゃくちゃありがたいと思っております。

「でも、そのおかげでリーフゴブリンのことを冒険者ギルドに知らせに行けるから、よかったよ」

「そうだな」

ラウルは頷《うなず》いて、しかしまだ慣れないためか落ち着かないようでソワソワしている。

その様子がなんだか微笑ましいね。

「こっちはカーナビもついてるし、ラウルは居住スペースでのんびりしてていいよ？」

「いや、さすがに俺だけのんびりしてるわけには……。いや、こうして座って前を見てるだけっていうのも、のんびりしてるようなもんだけど……」

何かしたいけれど、何もできることがない……と、ラウルは葛藤しているようだ。だけど、こればっかりは仕方がないね。

「回復したとはいえ怪我してたんだし、休んでるのがいいんじゃない？　あ、ていうか寝てた方がいいのかな？　横になれば体も楽なんじゃ――」

「いや、さすがにそこまでは……」

簡易ベッドだけれど寝た方がいいのではと提案してみたけれど、残念ながら断られてしまった。

……まあ、一人で居住スペースっていうのも落ち着かないのかな？

「じゃあ、話し相手になってほしいな」

「おお、任せてくれ！」

私も助手席に話し相手がいてくれるのは嬉しいので、このまま走らせることにした。

カーナビに従い、山を越え、草原を突っ切り、私は可能な限りキャンピングカーを飛ばした。

……早くココシュカの街の冒険者ギルドに行かなきゃ！

ちょこちょこ短い休憩を取りつつアイーダにもらったスコーンを堪能し、その合間にラウルにキャンピングカーのことを説明したりしながらも街に向けて走り続ける。

そして走り続けて七時間近くが経ったとき——プスンと、キャンピングカーが止まった。

「え？」

「どうしたんだ？」

『にゃう？』

ラウルが不思議そうに、寝ていたおはぎは欠伸《あくび》をして、私を見た。

いや、私が今の状況をわかっていないんですが？

突然キャンピングカーが草原のど真ん中で止まってしまった。エンスト？　でも、これは私のマナで動いているし——っ！

「うっ、気持ち悪い……」

「大丈夫か⁉」

いきなり襲ってきた吐き気に、私は口元を押さえる。

このままぐったり倒れてしまいたいけれど、もしキャンピングカーが動いてしまったら大変なので……急いでサイドブレーキをかけて停車させる。

ラウルが、「居住スペースに行って休もう。歩けるか？」と背中をさすってくれる。

私は無言で頷いて、ラウルに支えてもらいつつ、這《は》うように居住スペースへ移動した。

……駄目だ、寝転びたい！

吐き気だけでなく、頭も痛くて体がだるい。

「うぅ、ベッド……」

「ベッド、って……あ、確かテーブルとイスを動かすんだったな！」

ちょこちょこラウルにキャンピングカーの説明をしておいてよかった。

私は座り込んで、目を閉じた。起きているよりかは、幾分か楽だ。

うつらうつらと思考が遠くへ行って、私はラウルの「ミザリー！　しっかりしろ!!」という声を聞きながら意識を手放した。

ジュウウウゥゥと何かが焼ける音と、香ばしい匂いで、私の意識とお腹が覚醒を告げる。

……起きなきゃ。

私は重い体を腕で支えつつ、寝転んでいた状態から起き上がる。

「あれ、ベッドに寝てる」

起き上がった場所は、キャンピングカーの簡易ベッドだった。

ラウルがどうにかベッドを組み立ててくれたようだ。ありがたい……！

……体も、さっきと比べたら全然マシだ。

悪化していなかったことにほっと胸を撫《な》で下ろし、私はハッとして音と匂いがする方を見た。

キャンピングカーのドアが開いていて、外から聞こえているみたいだ。

私が「おはぎ、ラウル……？」と名前を呼びながら外を覗《のぞ》くと、ラウルが焚《た》き火でお肉を焼いているところだった。

おはぎはラウルの横で、すでにお肉を食べている。

……私が寝ている間に仲良くなってる。

「ミザリー！　起きたのか。体調はどうだ？　肉を焼いたんだけど、食べられそうか？」

「……うん。お腹は空いてるみたい」

私は苦笑しつつ、今にも鳴り出しそうなお腹を押さえる。

「でも、だいぶよくなったよ。なんで急に気持ち悪くなったんだろう」

見事に目の前がグルグルしていたなと思う。

すると、ラウルが「わからないのか？」と驚いた顔で私を見た。

「マナ切れだよ。あれだけスキルを連続使用してたんだ。マナが尽きないわけがない」

「マナ？　あ、そうか……つまりガス欠ならぬマナ欠⁉」

私のマナが尽きたからキャンピングカーが止まってしまったし、マナが尽きかけた私自身にもその影響が出ていたようだ。


キャンピングカーから降りると、私がいつも作るより二回りほど大きな焚き火ができていた。しかも、木の枝に肉を刺して焼いているではありませんか。

「わぁぁ～！」

こんなのを見せられたら、テンション爆上がりですよ。

椅子にちょうどよさそうな石もあるので、それに座って焚き火にあたる。もうすっかり夜になってしまったので、ちょうどいい暖かさだ。

私がニコニコで焚き火を眺めていると、ラウルがちらりとキャンピングカーを見た。

「あれは出しっぱなしで大丈夫なのか？」

「え？　ああ、そうかマナが……」

背後に鎮座するキャンピングカーを見つつ、そういえばマナが切れたはずなのにキャンピングカーは消えなかったなと首を傾げる。

泥のように眠った結果、完全とは言わないけれど、私のマナはだいぶ回復したようだ。とはいえ、一時は切れていたんだよね？

……ふむぅ？

私がどういうことだろうと考えていると、ラウルが「どうした？」と同じように首を傾げた。

「マナが切れてもキャンピングカーが消えなかったなぁって。飛ばしてたから、いきなり消えてたら死んでたかもしれないけど……」

そう思うとゾッとする。

「なんだ、そんなことか。マナ切れって言っても、本当に全部なくなるわけじゃないんだ。ちょっとは体の中に残ってる。マナは少なからず誰しも持つもので、生命維持にも必要だとされているからな」

「ああ、なるほど。だから枯渇状態になったら、あんなに気持ち悪くなったんだね」

「そういうことだ」

納得だ。

私がうんうん頷いていると、ラウルはなんだか不安そうな顔で私を見てくる。すると、とんでもない事実を口にする。

「簡単に考えてそうだけど……本当の本当にマナが枯渇すると、死ぬんだぞ。だから、スキルの使用は十分注意してくれ」

「えっ!! わ、わかった。気をつける」

完全にマナがなくなったら死ぬなんて、恐ろしい世界だ。

しかしふと、昔……私がまだ幼い頃に受けた教育で似た内容のものがあったことを思い出す。

私はスキルがないと思われていたこともあり、確か「マナが枯渇すると大変なのですが、ミザリー様は問題ないでしょう」としか言われなかった。

……あんの教師め!

私は大きくため息をつきながら、ラウルに教えてもらえてよかったと安堵《あんど》で胸を撫で下ろした。

「っと、そろそろ食べ頃だな」

「おおお、実は待ってました!」

ラウルが焼いていたお肉を手に取ったので、私は目を輝かせる。木の枝には、お肉が三つついている。あと少しでお腹がぐうぅとなるところだったのです。

「このままかぶりついてもいいけど、皿に取るか？」

「かぶりつきます‼」

めちゃくちゃキャンプっぽくていい！　と思い、私は即座にかぶりつく方を選択した。

急がなきゃいけない旅だけど、ご飯と休憩はしっかり取らなきゃ駄目と今さっき学んだばっかりだからね。

私が瞳をランランと輝かせていたからか、ラウルが笑う。

「それだけ元気があるなら、大丈夫そうだな。食べることと寝て休むことでマナの回復も早くなる」

「食事、大事。ミザリー覚えた！」

ということで、私はラウルからお肉の刺さった木の枝をもらう。

皮はパリパリに焼けていて、ジューシーで香ばしい匂いが鼻から体の中を駆け巡っていく。ああ、これは絶対に美味しいやつだ！

……あれ？

「でもこれ、なんのお肉なの？」

キャンピングカーの冷蔵庫に入ってた鶏肉ではないみたいだ。

すると、ラウルが「ああ」とこちらを見た。

「そこで狩ってきた魔物の肉だ」

「…………なんですとっ⁉」

焼かれていたのは動物ではなく、魔物の肉だったらしい。

……そういえば魔物の肉って、食べたことないね？

魔物の肉を食べるなんて野蛮だと、特に母親が言っていたことを思い出す。あれは平民が食べるものだ、と。

どんな味なのだろうか。

「ラウルはよく魔物を食べるの？」

「野宿のときなんかは、狩って調理ってことが多いからなぁ。街にも魔物の肉を使った料理は多いぞ。でも、低級の魔物よりは牛や豚の方が美味《うま》いかな？」

「へぇぇ。じゃあ、上級の魔物は？」

好奇心から聞いてみたら、ラウルの目がカッと見開いた。

「あれは美味い!! つっても上級の魔物はそう狩れないし、食べられる機会は少ないけど……高級料理店とかで扱われてたりするんだ。あ、でも全部が美味いってわけじゃないぞ？ 不味《まず》い魔物とかもいるし」

「なるほど……」

まあ、毒を持つような上級魔物だっているだろうし、全部が全部美味しいとは私も思わない。

……でも、美味しい魔物が多いのかぁ。

ブランド牛みたいな感じなのかもしれないね。そう考えると、いつか食べてみたいと思ってしまう。

私は、どんな味がするのだろうとワクワクしつつ、お肉を一口齧《かじ》ってみた。

皮がパリッと音を立てて、歯ごたえは十分。お肉は割と淡泊な感じかもしれない。ジューシーさは少ない。

でも、味は普通……というところだろうか。

モグモグしていると、ラウルが少し先を見て「あいつの肉だよ」と指差した。

「んん？」

私がラウルの指さす先を見ると、角ウサギがいた。

なるほど、これがウサギの味なのか……！

「ウサギなんて初めて食べたよ」

「そうなのか？　角ウサギの肉は、よく売ってるイメージだけど」

「じゃあ、これからは食べる機会も増えそう」

今までは貴族だったので食べる機会がなかったけれど、今後は市場でいろいろな食材を買うことが多くなるだろう。

そして焚き火で焼いて食べる！　絶対に楽しい。

ラウルは角ウサギを食べつつ、「ミザリーって変わってるなぁ」と笑う。

「旅してるって言ってたけど、遠くから来たのか？」

「ううん。隣のリシャールからだよ。まだ旅に出たばっかりなんだ」

「そうだったのか」

私は頷いて、「だからこれからいろいろなところに行きたいんだ」と告げる。

「ラウルは依頼をこなして生活が安定したら、したいこととかあるの？」

「俺は……駄目元かもしれないけど、ダンジョンに潜ろうと思ってる」

「ダンジョンに？」

ダンジョンは、不思議な力で作られた場所だ。

魔物が多く存在し、一番奥には貴重なアイテムが眠っていると言われている。金銀財宝や伝説の装備など、いろいろな噂《うわさ》がある。

「……噂だけど、伝説の秘薬エリクサーがあると言われている。それを得れば、俺の腕も動くようになるだろうと思ってさ」

「確かに」

宝箱から高価な回復薬が出てくるのは、ゲームとして鉄板だ。

……ダンジョンでキャンプをするのも楽しそうだね。

「すごくいいと思う！　ダンジョン楽しそうだし！」

「別に楽しくはないぞ？　一攫千金《いっかくせんきん》は狙えるかもしれないが、危険な場所だからな。……ミザリーは間違っても楽しそうだからっていう理由で行かない方がいい」

「手厳しい……」

ラウルが真剣に忠告してくれるのは、すごくありがたい。

そうだよね。ここはもう乙女ゲームの世界とはいえ、現実になってしまっている。死んだらロードしてもう一回、なんてことはできないのだ。

でも、ダンジョンでキャンプ……楽しそう。

そんな未来もありだなと考えながら、二つ目のお肉にかぶりつく。すると、淡泊な味を想像していたのに……なんと中から濃厚なチーズが出てきた。

「んふぅっ⁉」

まったく予想していなかった新手の出現に、私の口の中はパニックだ。そんな私を見て、ラウルが笑う。

「角ウサギの肉は淡泊だから、ほかの食材と組み合わせて食うのがいいんだ」

美味いだろ？　と言ってくるので、私は全力で頷く。

「予想外の幸せを嚙《か》みしめております……」

チーズがインされたお肉を平らげ、私は木の枝に刺さっている三つ目のお肉を見てごくりと喉を鳴らす。

……こやつは、チーズがインされている……？　それとも、もしかしてほかの食材と組み合わせられていたりする？

「くうぅぅ、ラウルがどんな美味しい料理にしたのか読めない……‼」

なんて罪作りな男なんだ。

「期待がすごすぎるんだけど。まあ、気軽に食べてくれよ。そもそも、食材はミザリーが使っていいっていうからキャンピングカーのものを拝借したわけだし」

「いやいやいや、もっと誇っていいよ！」

私はそう言いながら、最後のお肉にかぶりついた。すると、今までにないくらい香ばしい香りと、パリッという皮が破ける歯ごたえが。

「んんっ、これ表面にオリーブオイルが塗ってある⁉　美味しいし……中にはトマトが入ってる‼　お肉と一緒に野菜まで食べれちゃうのいいね！」

私が絶賛して拍手すると、ラウルは「大袈裟《おおげさ》だなぁ」と言いつつ照れながら笑った。


美味しくご飯を食べた後はシャワーを浴びて、すぐ眠りについた。

私とおはぎが簡易ベッドを使い、ラウルは広くなったトランクスペースを使うことになった。さすがに床だし申し訳ないと思ったのだが、ほかに寝る場所がなかったのでそうなってしまった。

……街に着いたら、ふかふかの布団を購入しよう。

マナの使いすぎだったこともあり、私は横になると一瞬で寝てしまった。

「ん〜〜、よく寝た〜〜〜」
ぐぐーっと背伸びをして、首を回して、ベッドから体を起こす。横を見るとおはぎも起きたようで、くぁぁと可愛い欠伸をしている。

窓から外を見ると、天気は快晴。

「これは絶好のドライブ日和だね！　今日こそココシュカに到着するぞ！」

私がぐっと拳を握って気合を入れると、「起きたのか……？」とトランクスペースからラウルの声が聞こえてきた。

どうやら私が寝ているから、気遣ってこっちに来なかったみたいだ。紳士。

「ごめん、ちょっと待ってね」

私は急いで脱衣所に行って着替えて支度をすませてラウルに声をかける。すると、寝起きのラウルが目を擦《こす》りながら歩いてきた。

「ゆっくり使って。私は朝ご飯の準備をしてるから」

「ああ。サンキュ」

ラウルを脱衣所に見送って、調理に取りかかる。

おはぎ用のお肉を茹《ゆ》でて、自分たちの分は葉野菜をちぎってサラダを作り、チーズをのせたパンを焼き、その上に目玉焼きをのせるだけというお手軽料理。

「あとサラダのドレッシングを作ればいいかな？」

小さなボウルにオリーブオイル、塩コショウを入れて混ぜるだけの簡単なものだ。もう少し落ち着けるようになったら、ニンジンなどの野菜や、フルーツドレッシングなども作ってみたい。

私はできあがった朝食を見て、頷く。

「ん、美味しそう」

「おお、美味そうな匂いだな」

私とラウルの声が重なった。

ラウルは顔を洗ってさっぱりしたようで、爽やかな笑顔だ。おはようと挨拶を交わして、お待ちかねの朝食タイムだ。

食べながら、今日のことも打ち合わせる。

「今日は街に着くと思うから、もうひと頑張りするね」

「ああ。でも、昨日みたいな無理はしないでくれよ……？　心臓に悪すぎる」

「気をつけます！」

私もあの気持ち悪さはもう体験したくない。

これからはこまめに休憩を取ることにします。外に出て深呼吸をしたり、景色を眺めてみたりするのもよさそうだ。


食べ終わった食器を片付けて、運転席に移動する。ラウルも今日は靴を履いて助手席に座っていて、おはぎは私とラウルの真ん中だ。

「んでは、出発！」

ブロロロロロと爽快に走り出し、私は窓の外を眺めつつ走る。

ほとんど草原で、街道は大きく逸れたところにある。人がいたら驚かせてしまうから、極力街道は走らないようにしているのだ。

風が気持ちいいので窓を開けていると、なんだか歌いたくなってくるね。

そんなことを考えながら、休憩をはさみつつ走り続けて数時間——街が見えてきた。

「あれがココシュカの街？」

草原の真ん中にある街は、高い外壁にぐるりと囲われていて、防御力が高そうだ。

「ああ。あそこなら冒険者ギルドがあるし、店も多いから大抵のものは揃《そろ》うよ」

「そうなんだ、いいね。ギルドが終わったら買い物しよう」

ココシュカの街での楽しみが増えたこともあって、私はキャンピングカーを飛ばした。


ココシュカの街の裏手には、穏やかな大きな川があった。この川を使って荷物を運び込こんでいることが多いらしく、貿易の街として発展したそうだ。

街に入ると、最初に飛び込んできたのは商店街。たくさんのお店があり、軒下に様々なものが飾られている。

家具や小物類はもちろん、ランプや絨毯《じゅうたん》、調理器具も多い。ここでなら、ラウルが言っていた通りなんでも揃いそうだ。

「まずは冒険者ギルドだね！」

『にゃっ』

おはぎが定位置になっている私の肩に飛び乗って、元気に返事をしてくれた。可愛い。

「しかし人が多いね。ラウル、ギルドの場所ってわかる?」

「ああ。ここのギルドには何回か来たことがあるからな」

ラウルは私の問いに頷いて、「あっちだ」と案内をしてくれた。


冒険者ギルドは大きな木造の三階建てで、一階部分で依頼の受注や発注ができるそうだ。屈強なマッチョマンから、妖艶な魔法使いの美女まで、いろいろな人がいる。

奥の方の壁には掲示板があって、紙が貼られている。見ている人が大勢いるので、きっとあそこに依頼が書かれているのだろう。

「わあぁぁ、すごい」

「そんなに珍しい場所でもないが、初めて来たのか?」

「今までは縁がなかったからね」

私は苦笑しつつ、ラウルにどうすればいいか確認する。どうやら、受付で魔物の情報を伝えるだけでいいみたいだ。

「あっちのカウンターでいいか?」

「うん」

小柄な受付嬢がいるところに行くと、「こんにちは!」とすぐに対応してもらえた。

「あれ、ラウルさんじゃないですか!」

「すまない、ちょっと急ぎなんだ。魔物が出たから、その情報を伝えに来た」

どうやらラウルと受付嬢は顔見知りだったみたいだ。受付嬢はラウルを見て驚いたけれど、何をしに来たか告げるとすぐ真剣みを帯びた表情になった。

受付嬢は地図を取り出して、「場所はわかりますか？」と一つずつ確認していく。

「フルリア村の北にある山――ここだな。そこまで強い魔物が出る場所じゃなく、普段から村の人も立ち入る場所なんだが……リーフゴブリンの出現を確認した」

「――！　リーフゴブリン、ですか。それだと……最低でもBランクの冒険者が必要ですね。数は一匹ですか？」

「俺が確認できたのは一匹だけだ。ほかにいるかどうかは、調査していないからわからない」

「なるほど……」

二人がテキパキ進めていくので、私は隣で静かにしていた。

それから一〇分後、受付嬢の「情報提供感謝します」という言葉で報告は終了した。

結果として、冒険者ギルドから討伐依頼が出ることになった。とはいえイレギュラーな案件でもあるので、ギルドから冒険者にも声掛けをしてくれるそうだ。

「ふー、これで討伐されるだろう。ありがとうな、ミザリー。こんなに早く報告できたのは、ミザリーのおかげだ」

「いえいえ！　これくらいお安い御用だよ」

私はそう言って笑い、そうだ！　と思い出す。

「どんな依頼があるか見てってもいい？」

「ん？　それは別に構わないけど……」

「ありがと」

不思議そうにするラウルは気にせず、私はどんな依頼があるのか掲示板に行ってみた。


ここはゲーム世界ではあるけれど、ゲームの中で冒険者をすることはなかった。

……だから、どんな依頼があるかとか、気になるんだよね。

依頼掲示板には、雑用から魔物の討伐まで、様々な内容があった。

お使い、配達、探し物の手伝い、薬草採取、隣町までの護衛、アイテムの納品、魔物討伐などなど……私でもできそうなものがある。

私がじい～っと見ていると、ラウルが「何かいい依頼でもあったのか？」と隣に来た。

「私でもできそうなのがあるよ」

「まあ、下は雑用だからなぁ」

ラウルは苦笑しつつ、「魔物討伐も結構あるな」と呟《つぶや》いている。

……魔物討伐は、私には無理だね。

キャンピングカーから大砲でも出ればいけるかもしれないけれど。

私としては、路銀が尽きる前に働きたいと思っている。

いくらキャンピングカーで生活できるとはいえ、お金がないと生きていけない。食料品や生活用品は購入することが多いからだ。

「えらく真剣に見てるな」

「あー、実はそろそろ何かしら働かないと、路銀が心許なくてね」

私が苦笑しながら告げると、ラウルは「あ～」と眉を下げた。

「俺も世話になってるもんな……」

「いやいや！　ラウルのことは抜きにしても、元々働こうと思ってたから！」

だから別にラウルのせいではない！

食料を多めに買うくらいはするけれど、その分、魔物を狩ってくれたりしたし、何より焚き火を熾《おこ》すのが上手かったし……!!

私にとって、外でも生活力のあるラウルはポイントが高いのだ。

「ラウルは今のままで十分！　私にないものをたくさん持ってるもん！」

「ミザリーはめちゃくちゃポジティブだな……」

「ポジティブに考えなきゃやってられないもん！」

なんてったって、悪役令嬢だから!!　前向きポジティブじゃなきゃ、精神死んでた気がする。

「……とりあえず、定住するつもりもないみたいだし、冒険者になって依頼を受けて稼いだらいいんじゃないか？　ミザリーのスキルだったら、使いようによってはかなり稼げると思う」

ラウルの提案に、私もそれがいいと思っていたので頷いた。

「俺は怪我してるけど、強敵じゃなければ倒せるからさ。普段使うお金を稼ぐくらいなら、魔物討伐でも問題ないと思う。ギルドならいつでも依頼が出てるからさ。俺もサポートするよ」

「わ～、お世話になります!!」

心強いラウルの言葉に頷いたところで、ふと『フルリア村への手紙の配達』という依頼が目に入った。

「ねえ、ラウル……この依頼を受けてみたらどうかな？　リーフゴブリンが討伐されるかどうかも、ちょっと心配だし」

「いいと思うぞ。俺たちなら冒険者よりも早く着くから、討伐依頼が出ることを伝えて安心してもらえると思う」

「じゃあ、決まり！」

さくさくっと決まったので、私は依頼を持ってカウンターに行く。これから冒険者登録をしてもらうのだ……！

はあぁん、ドキドキする……！

私は先ほどの受付嬢のところに行き、「冒険者登録をお願いします！」と告げながら依頼の紙を出した。

私がワクワクしながら冒険者登録をお願いすると、受付嬢は目をぱちくりさせつつも、「承ります」と微笑んだ。

後ろではラウルが見守ってくれている。

「……まずは、冒険者ギルドの説明をさせていただきますね」

「お願いします！」

頷くと、受付嬢は丁寧にギルドの説明をしてくれた。


冒険者ギルド――それはどこの国にもある、中立機関だ。

基本的に大きな街に支部があり、依頼を受けることができる。ただし、依頼達成の報告はどこのギルドでも可能。

所属すると冒険者カードが発行され、身分証明として使うことができる。しかし、なくした場合は再発行に一万ルク必要になる。

依頼内容は掲示板にある通りだが、冒険者のランクによって受注できる範囲が決まっている。

冒険者のランクは一番上がS、その下はA～Fと続いていて、Fランクからスタートする。

Fランクは、街の中で達成できる依頼のみ受注可能。

Eランクは、採取や低レベル魔物の討伐など、街の外で活動する依頼が受注可能。

Dランクは、近隣の護衛やほかの街に行く依頼を受注可能。

Cランクは、遠方の護衛を受注可能。

魔物はランク付けされていて、Eランク以上になると実力に合った魔物の討伐依頼を受けることができる。また、受けられる依頼は自身の一つ上のランクまでと決まっているようだ。


――ということらしい。

今のわたしは追放されて身分も何もなくなったから、〝ただのミザリー〟の冒険者カードを発行してもらえるのはありがたいね。

「登録お願いします」

「かしこまりました。では、こちらの紙に記入をお願いします。名前の記入は必須ですが、スキルなど手の内を明かしたくない場合は書かなくても大丈夫です」

「はい」

キャンピングカーなんて書いたら面倒なことこの上ないので、スキルは書かないことに決めた。

「えーっと……」

記入するのは名前と、使える戦闘スキルや技能などがあれば……ということみたいだ。書いておくと、ギルド側も私が何をできるか把握できていいのだろう。

……つまるところ、履歴書みたいなものかな？

剣技！とか格好良く書くことができたらよかったんだけど、あいにく私の戦闘スキルはゼロだ。とりあえずアピールポイントとして、いろいろな場所を旅しているので、荷物などがあれば届けることができますと書いておいた。

「お願いします」

「ありがとうございます」

受付嬢は内容を確認して頷いた後、何やら魔導具を使って冒険者カードを作ってくれた。

「こちらがミザリーさんの冒険者カードです。紛失に注意してくださいね」

「はい！」

ギルドカードには、私の名前とランクFと書かれていた。

よーし、これで私も冒険者だ！

しかし受付嬢の「申し訳ないのですが」という声で現実に引き戻される。え、何かあった？

「ミザリーさんはFランクなので、フルリア村に手紙を届けるDランクの依頼は受けられないんですよ……」

「あ……」

私はFランクなので、Eランクまでの依頼しか受けることができないのだ。

どうしようかと思っていたら、後ろで見ていたラウルが「俺がいる」と名乗り出た。

「ラウル？」

「俺はCランクだから、俺が一緒だとミザリーもCランクまでの依頼を受けることができるんだ」

ラウルがちらりと受付嬢を見ると、頷いてくれた。

なるほど、パーティを組んだら、依頼受注はパーティ内の一番上のランクの人と同じになるのか。

下位ランクがいるから、ラウルは一つ上の依頼を受けることはできない……と。

わ〜〜、ラウルに感謝！

「なので、この依頼受けます！」

私は無事にフルリア村へ手紙を届ける依頼をゲットした。

ココシュカの街で買い物

冒険者ギルドでの手配もろもろが終わった私は、さっそく街へ繰り出した。

……お買い物、したくてたまらなかったんだよねぇ！

「私、小さい木の椅子がほしいんだよね」

「椅子？」

「そう！　焚《た》き火の前に置いて座る用」

毎回都合よく座り心地のいい切り株や岩があるとは限らないからね。

焚き火の前に椅子を置いてゲームでもできたら最高だろうけど、この世界にゲームはないので読書あたりをするのがいいだろう。

「いいな、椅子。キャンピングカーがあれば持ち運びも気にならないし、本当羨ましいぞ」

「ふっふーん。キャンピングカーもちょっとずつ広くなってきたし、収納もあるし、さっそく椅子――じゃなくて、まずはラウルの布団を買いに行こうか」

「……広くなってきた？」

私はラウルのツッコミは聞かなかったことにして、近くの布屋へ入る。この世界では、布屋で既製品の布団やオーダーメイドの布団を作ることができる。

店内には薄いブランケットから、羽毛をこれでもか！　と詰め込んだふわっふわのお布団まで売っている。

「わ〜、あったかそう〜〜！」

『にゃ〜〜！』

自分の布団もほしくなってきた。今は簡単なブランケットをかけているだけなので、やはり睡眠の質を向上させるために寝具は必要だろう。

私とおはぎがウキウキで見ていると、隣にいたラウルが「高すぎる……」と顔を青くしている。

……確かにかなりの高級品なんだよね。

今の手持ちのお金では、全然足りない。

「いらっしゃいませ」

「こんにちは」

『にゃ！』

「どうも」

さてどうしようかと考えていたら、奥から店員が出てきた。私たちが見ていたので、商品の説明に来てくれたのだろう。

「寝具をお探しですか？」

「はい。私と彼のもの、それぞれ一式」

私がほしいものを告げると、店員は頷《うなず》いてお勧め商品を教えてくれる。

すると、ラウルが私の腕を引っ張って、小声で話しかけてきた。

「ミザリー、俺は今まで通りで大丈夫だ。お前の分だけ買え」

「駄目でーす」

ラウルの主張に、私は首を振って却下する。

確かにお金はないけれど、使ってしまいたいものはあるのだ。私は鞄《かばん》から、追放されたときに身につけていた装飾品を取り出す。

これを売って、寝具を揃《そろ》えようと思っていたのだ。

今後は冒険者ギルドで依頼を受けて稼ぐので、問題ないだろう。悪役令嬢時代のものは、さっさと清算したいのです。

装飾品を見たラウルは、驚いたように目を開いた。

「どうしたんだ、これ」

「……実は因縁のある装飾品でね。ずっと手元には置いておきたくないから、売ろうと思って！詳細はあんまり聞かないでくれると嬉《うれ》しいな。思い出したいような、いい話ではないから……」

「そうか……」

私が困ったような表情をしてしまったから、ラウルはそれ以上追及してくることはなかった。

「ということで、この装飾品を売って寝具を購入したいと思ってるんです」

「これはすごい……。私から見ても、一級品だってすぐわかりますよ」

「ありがとうございます」

一応、王太子殿下の婚約者がつけていたものだからね。

私はほしい商品を選んで、店員が紹介してくれたすぐ近くにある宝石店で装飾品を全部買い取ってもらい、代金を支払って無事に寝具をゲットすることができた。ふう、ほっとした。

「よし、次こそ椅子と言いたいところだけど、布団をキャンピングカーにしまわないと駄目だね」

「そうだな」

さすがに二人分の寝具を持ち歩きながら買い物するのは無理だ。さっさとキャンピングカーにしまってしまおう。

……でも、どこで召喚しよう？

さすがに布団を抱えて門を通って街の外に出たら不審者だし……。

「どこか人がいない道とかないかな？」

「あー、さすがにキャンピングカーを見られるわけにはいかないもんな。間違いなく大騒ぎになるだろうし」

ラウルが私の判断は賢明だと褒めてくれる。

が、残念ながら人がいない道なんてあるはずもなく……二人で頭を悩ませる。

う～～ん……。

「あっ、そうだ！　ギルドの鍛錬場が広かった気がするから、そこはどうだ？」

「おお、いいかも！」

ということで、ギルドに逆戻りです。

布団を抱えながらギルドに戻ると、先ほどの受付嬢に一瞬だけ怪訝《けげん》な顔をされてしまった。そりゃそうですよね。

しかしそこはラウルがうまく対応してくれたので、無事に布団をしまうことができた。


「うわあぁぁっ、見て見て！　この椅子可愛いっ！　あ、こっちのもいい!!　でもでも、これも捨てがたい!!」

家具屋にやってきた私は、めちゃくちゃテンションを上げていた。

シンプルな小さい椅子から、座る部分が布になっているハンモックに似たタイプの椅子、高さもハイチェアやローチェアと取り揃えられている。ただ、必要性がないからか……折りたたむタイプの椅子は置いていない。

……私はキャンピングカーで運べるから、別にコンパクトである必要はないけどね。

ふと、柔らかい木の枝を編んで作られた椅子があって、私は目を奪われてしまう。

「すごい、こんな椅子あるんだ。ファンタジーって感じ!!」

日本だったらお目にかかるのは難しい代物だろう。

しかも木はまだ生きているらしく、ちょっとずつ成長しているから不思議だ。

……ファンタジー木？

椅子はローチェアで、座る部分が床についてしまっている。汚れたりしないのかな？　と、私はしゃがみ込んで近くから見てみる。

「それがお気に召しましたか？」

「あ！　はい。なんていうか、雰囲気が好きで」

私が見ていたからか、店員が声をかけてきた。私の言葉に、「わかります」と頷いて説明をしてくれた。

「この椅子は職人が作ってる一点ものなんですよ。座面部分の下が地面につくんですけど、地面に置くとそこと足の部分から土の栄養を吸収して成長するんです。この状態のままが気に入った場合は、室内で使っていただければ変化はしませんよ」

「すごい！　買います!!」

店員の説明を聞き、即決してしまった。

外で使うと成長してしまうなんて、ロマンしかない。まさにキャンプの相棒として、ピッタリなのではないだろうか。

横ではラウルが「結構いい値段だぞ」と呆《あき》れているが、出会ってしまったのだから仕方がない。

私の肩の上にいるおはぎは、賛成とばかりに『にゃぁ』と声をあげた。


椅子を買ってほくほくの私だけれど、いよいよ所持金が尽きてきた。お高かったからね。

とはいえ、このお金は残しておくつもりはない。

ぱーっと使い切って、あとは自分で稼ぐのです。それに元々貯めておいたお小遣いはまだ残っているので、しばらくの生活費は大丈夫。

「次は何を買うんだ？」

『にゃ？』

ラウルとおはぎが一緒に首を傾げて、私に聞いてくる。

ちなみに、ラウルは私の椅子を持ってくれている。護衛なんだから、これくらいはと。優しい。

「ずばり、スキレットがほしいのです！」

「すきれっとぉ？」

それはなんだ？という感じで、ラウルがさらに首を傾げた。

「いわゆる……鉄鍋？　鉄のフライパン？　持ち手も全部、鉄でできてるやつ……かな？」

「今使ってるやつじゃ駄目なのか？」

「い～い質問ですね、ラウル君」

私はぴっと人差し指を立てて、いかにスキレットがよいのかということを力説する。

「スキレットがあるだけで、料理が一〇〇倍美味しく食べられるのです！　さらに、美味しくない料理でも美味しくなるのです！」

なお、これは私個人の感想です。

しかし実際のところ、スキレットで出された料理は一〇〇倍くらい美味しく見えるし、テンションも上がる。

スキレットで肉を焼いただけで雰囲気が出る。

前世でも、もちろんスキレットは持ってなかった。

だけどキャンプ動画ではスキレットを使っている人が多くて、私はいつか自分で使ってみたいなと思っていたのです……！

その念願叶《かな》って、今……！

「ええっ、そんなすごいのか⁉　もしかして魔道具とか……？」

「……うん！　そんな感じかな……★」

まったくそんな感じではないけれど、そういうことにしておいた。だってロマンだからね！


次にやってきたのは、旅道具専門のお店。ココシュカの街は大きいこともあって、小さな街にはなかった専門分野のお店がある。

長期間街を離れる行商人や、野宿をする冒険者たちがターゲットだ。持ち運びやすいコンパクトなものから、大人数の料理が作れる大鍋など、いろいろ揃っている。

「わあぁ、見てるだけでも楽しいねぇ！　キャンプギアは沼って言うけど、本当ソレ」

――さて！

さっそくスキレットなどなどを見ていきましょうか。

鉄のスキレットは、シンプルなものから、匠の意匠のような豪華なものまで何種類か置いてあった。

持ち手に薔薇《ばら》があしらってあるものなんて、私のしょぼい料理に使ったらなんだか申し訳ないような気がしてしまう。

「すご……」

私が言葉を失っていると、ラウルが覗《のぞ》き込んできた。

「うわ、細かいデザインだな……」

「そうだねぇ。でも、こういうの見てるとテンション上がるよ」

私がいくつか手に取って見ていると、ラウルが「そういえば……」と思い出したように話をしてくれた。

「冒険者は森の奥深くやダンジョンで野宿をすることが多いだろ？　気が滅入ることがあるから、せめて旅用品はいいものを……って考えてる奴もいるらしい」

「ああ～、それはいいね」

ダンジョンに行ったことはないけれど、魔物と戦い、寝ている間も気を抜くことはできない……そんな生活だろうというのは想像できる。

好きな家具だったり、雑貨だったり、選んだものを使うというのは、自分を保つことに重要な要素だと思う。

じゃないと、ストレスがたまっちゃいそうだもんね。

晴れて自由の身になった私はノーストレスで生きていくよ！

「デザインがあるスキレットもいいけど、まずは普通のスキレットにするよ。お値段もお手頃だし」

「そうか？」

「うん。こっちの意匠スキレットは、自分で稼いだお金で買うことにするよ」

ほしい道具を買うために働くって、ただ普通に働くよりも楽しいんじゃなかろうか。スキレット代とおはぎのご飯代を稼ぐために、私は頑張るよ！

ということで、普通のスキレット……小さい一人用を私とラウルの分で二つ。大きい五人前くらいに使えちゃうスキレットを一つ選んだ。

どちらもシンプルな鉄のスキレットで、使いやすそうだ。

ふっふー、これで肉を焼いたら美味しいこと間違いなしだね！

「ほかに何か必要なものってあるかな？」

「うーん……。ミザリーのスキルがあるから、ぶっちゃけ不便はないと思うぞ？」

「そうかなぁ？　でもほら、あのお皿も可愛いし」

私が見つけたのは、小花が描かれたクリーム色のお皿だ。その横には、同じシリーズの食器が何種類か並んでいる。

「いいなぁ、食器に統一感を持たせるのも憧れるよねぇ」

前世では皿にお金をかけていなかったので、今世はかけてもいいのでは？　と思う。やはりキャンプは道具がいろいろあると楽しいよね。

そう考えたら、ほしいものがたくさんあって困るよ……。

「あっちのコップも可愛い……。コップはいくつかあってもいいんじゃ……あ、ランプは予備がいくつかあってもいいかもしれない」

あっちもこっちも気になって仕方がない。

寝るときはキャンピングカーの中だけれど、焚き火をしたりと外でのんびりすることもあるのでランプは必要だろう。

木の枝に吊《つ》り下げるものや、地面に直接置けるタイプなど、いろいろな種類がある。そんなの両方ほしいに決まってるじゃん……。

さらに、火をつける安価タイプと、魔導具で明かりをつけるちょっとお高めのランプと二種類ある。

魔導具は便利だけど、キャンプといったら……やっぱりリアルな火じゃない？

厚いガラスの中で揺れる火と、その近くで椅子に座ってのんびり読書……最高か。

「とりあえず焚き火があるから、木の枝に吊り下げられるランプも買うよ！」

「……えらく熟考してたな」

ラウルは苦笑しつつも、「いいんじゃないか？」と賛成してくれた。


買い物を終わらせた私たちは、街の宿に一泊して明日出発することにした。

安いけれど清潔感のある宿で、過ごしやすそうだ。ラウルとは部屋が隣同士で、今はそれぞれ自分の部屋で休んでいる。

私はベッドに寝転んで、おはぎを抱き上げる。

「ついに冒険者生活スタートだよ！　相棒としてよろしくね、おはぎ！」

『にゃっ』

おはぎが元気に返事をしてくれたので、私の頬は緩みっぱなしだ。

その後はおはぎを構い倒して、ねこじゃらしもどきの組紐《ひも》で遊んで、二人でくたくたになって寝落ちをした。

「ん〜、今日もいいドライブ日和！」

朝ご飯を食べて宿を出て、私はぐぐーっと伸びをする。横を見ると、おはぎもぐぐーっと伸びをしている。可愛い。

今日はギルドでリーフゴブリン討伐の依頼がどういう状況になっているか確認をしてから、フルリア村に向けて出発する予定だ。

ラウル曰《いわ》く、ギルドでは情報も入るし、依頼も毎日新しいものが追加されるから、可能な限り日参するのがいいのだという。

……冒険者も結構大変だね。

とはいえ、ファンタジーな冒険者生活には憧れるところもある。ということで、私は張り切って掲示板の前に立った。

リーフゴブリン討伐も、緊急依頼として掲示されている。

「でも私に討伐なんて無理だから——お、これなんてピッタリなんじゃない？」

私が見つけたのは、薬草採取の依頼だ。これなら私でもできるし、何より採取しすぎてもキャンピングカーで運べるので楽ちんだ。

期限は特に書かれていないので、常設依頼なのかもしれない。

「ラウル、この依頼も一緒に受けていい？」

「薬草採取か。いいと思うぞ」

「やった！」

ということで、昨日の受付嬢にさくっと手続きをしてもらって依頼を受けた。

そのついでではないのだけれど、リーフゴブリン討伐についても聞いてみる。もしまだ依頼を受けた冒険者がいなかったら大変だからね。

「それでしたら、今日の朝、冒険者が向かいましたよ。CランクパーティとBランクのソロ冒険者です。念のためまだ募集もしていますし、問題なく倒せると思います」

「そうですか、よかった！」

これでフルリア村も安心だと、私はホッと胸を撫《な》で下ろした。

「それじゃあ、私も依頼があるのでフルリア村に行きつつ薬草採取をしますね」

「はい。頑張ってください」

受付嬢に見送られ、私とラウルはギルドを後にした。

薬草採取依頼と新機能

「っふう〜、一日ぶりのマイキャンピングカー！」

街から少し離れたところで、キャンピングカーを召喚した。

昨日買い込んだままだった雑貨は収納棚にしまい込み、運転席へ乗り込む。今回は薬草採取をしつつフルリア村に向かうので、ちょっとのんびり行きますよ。

「んじゃ、出発！」

「おー！」

ラウルがノリよく返事をしてくれたので、私もテンションが高めだ。


ふんふん鼻歌交じりでキャンピングカーを走らせていくと、ふと背の高い植物が多い草原を見つけた。

「ねえねえ、ラウル。薬草ってああいうところに生えてたりするのかな？」

「え？　普通の薬草だったら割とどこでも生えてるけど……」

「そうなんだ！」

ゲームのときは薬草が出てくることはほとんどなかったし、貴族として生きていたときも関わりがなかったので、実は採取依頼が結構楽しみだ。

キャンピングカーを停めて、ここで薬草を探してみることにした。

薬草は、初級ポーションの材料になる。

青緑色で、丸みを帯びているためわかりやすいとラウルが教えてくれた。

「なるほど！」

説明を聞いた私は、しゃがみ込んで周囲を見回す。

私の腰くらいまで背のある草からくるぶし程度の背のある草まで様々で、小花が咲いているものもある。

おはぎは背の高い草の葉をちょいちょい猫パンチして遊んでいる。

……なんだか楽しくなってきたかも！

キョロキョロしていると、それらしき草があった。

「あ、これじゃない⁉」

私が目をきらめかせてラウルに告げると、「おしい」という言葉が返ってきた。

どうやら薬草じゃなかったみたいだ。

「これは薬草もどきだ。初心者がよく間違えるから、もどきって呼ばれてる」

「ぐぬぬ……。まさか私がそんなのに引っかかるとは」

「ハハ。これは根元に近い葉がギザギザなんだよ。薬草は――ほら、根元も全部丸みを帯びてる葉だろ？」

「本当だ……」

ラウルの言う通り、私が採取したものは根本部分の葉だけがギザギザしていた。

これはちゃんと確認しないと間違えちゃうね……。

「まあ、最初はそんなものだって」

「そうだね！　次は薬草ゲットだぜ！」

私は気を取り直して薬草探しを再開した。


一時間くらいだろうか。集中して薬草を探した結果、カゴにこんもりするくらい採取することに成功した。

「やったー！」

「おお、大量だな」

「そうでしょ――って、ラウルの方が大量なんですけど⁉」

ラウルが採取した薬草はカゴに山盛りで、それどころか入りきらなかったものが横に積み上がっているではありませんか……。

「一応、俺の方がミザリーより冒険者生活長いからな？　さすがに負けてらんねぇよ。それにここ、薬草いっぱい生えてたんだ。ミザリーが見つけてくれたおかげだな！」

だから十分、私もすごいのだとラウルが誉めてくれた。くそう、イケメンかよ。

次はもっと頑張るぞと思いながら立ち上がると、ラウルが待ったをかけてきた。

「どうかしたの？」

「ミザリーは今日が初めての薬草採取だったろ？　念のため、間違いがないか確認しておいた方がいいと思って」

「なるほど！　お願いします！」

もし薬草もどきがたくさん混じっていたりしたら、ギルドからこいつ使えないなというレッテルを貼られてしまうかもしれない。それは困る。

せっかく先輩としてラウルが見てくれるのだから、ここはお世話になろう。

「これは薬草、こっちも薬草……あ、これはもどきだな」

「混ざってた――！」

ラウルの判定を聞きながら、私は悔しさに打ちひしがれる。

確認は大事だからお願いしたけれど、実は結構自信満々だったのだ……！　くそう、ちゃんと特徴を教えてもらったのにもどきに気づかないなんて!!

「いや、これは仕方ねえって。初見殺しとか言われてるんだけど、ほら、根元の葉が全部丸いわけじゃないんだ」

「なんですと!?」

悔しがる私を見たラウルは、丁寧に説明してくれた。

そしてその理由を聞いた私は、ラウルが持つ薬草もどきを奪い取って根元の確認をする。

……本当だ！　根元の葉が一枚だけギザギザしてる!!

「酷《ひど》い！　こんなの詐欺だ!!」

「ハハハ」

そして選別された薬草は、三分の二がもどきなのだった……ぴえん。

「にしても、ミザリー泥が結構ついてるぞ」

かなり汗もかいてしまったので、私はシャワーを浴びることにした。こうやって気軽にシャワーを浴びれちゃうところ、本当に最高だと思う。

「え？　ああっ、本当だ」

シャワーを浴びて、スカートの服に着替えた。

これは以前街で購入したもので、アイボリーと緑を基調にしたロングスカートの服だ。

肩は出ているけれど、袖口は七分、下はロングスカートなので肌寒い日にも重宝できる。お腹の部分は朱色のリボンで結ばれていて、深緑のキルト生地のスカートは緑のエプロンとアイボリーのレースが重なってとても可愛らしくお気に入り。

薬草採取の報告は急ぎではないので、軽く休憩してから私たちは再び出発した。

おはぎは草原で楽しそうに遊んでいたので、今は疲れ果てて私とラウルの間で丸まって寝ている。

可愛い。

ブロロロロと走っていると、インパネから《ピロン♪》と音が鳴った。いつも通り、レベルアップの文字が表示されている。

《レベルアップしました！　現在レベル9》

「えっ、なんだ？　音がしたぞ⁉　故障？　か？」

突然の音に驚いたらしいラウルがキョロキョロしているので、私は「違うよー」と笑う。

「スキルがレベルアップしたみたい」

「――！　そうだったのか。おめでとう」

「ありがとう」

いったんキャンピングカーを停めて、さてどんな機能が追加されたのかな？　とインパネを操作して詳細を見る。

私の行動を見たラウルが首を傾げているので、ここでスキルがどんな風にレベルアップしたのかわかると教えたら、便利だとめちゃくちゃ感動していた。

「できるようになったことは――え⁉」

レベル9　鑑定機能搭載

その機能にどういうこと⁉　と思ったけれど、何よりも――

「それならさっきほしかったんですけど⁉」

と、思わず叫んでしまったのは仕方がないだろう。

「鑑定機能って、やばすぎないか？　この巨体がものすごい速さで走るだけでもやばいのに……」

ラウルは信じられないといった目で私のことを見ているが、便利になったので気にしないことにした。キャンプ生活をするのだから、鑑定ができることは正直ありがたいのだ。

「とりあえず、どこで鑑定すればいいのか……あ、インパネで詳細が見れるみたい」

私はインパネを操作しつつ詳細を確認していく。

虫メガネマークの表示ボタンがあったので押してみると、インパネに常時表示状態になった。

普通にタップすると全鑑定で、長押しすると指定して鑑定ができるらしい。

……これを押して鑑定すればいいのか。

とりあえず押してみたところ、ヘッドライトから淡い光が出て――前方部分にあるものすべてに鑑定結果が表示された。

〈薬草〉初級ポーションの材料になる薬草。

〈バルキア草〉染料になる草。よく薬草と間違われるため、薬草もどきと呼ばれることも多い。

〈スライム〉最弱。猫より弱い。

〈石〉ただの石。
〈木〉普通の木。
〈ミツスキー〉蜂蜜が好きなマスコット魔物
〈岩〉大きい石。
〈シロツメクサ〉小さくて可愛い花。花冠を作るのに適している。

「――っ！　なにこれ！」

私の視界いっぱいに、鑑定結果が浮かんでいる。ライトが当たったものが鑑定され、ゲームのようにその結果が表示されているみたいだ。

というか、さり気なく魔物まで混ざってるし！

「どうしたんだ？」

「え？　あ、もしかしてラウルには見えてない……？」

「いや、光は見えるけど……」

ライトの光は見えるけれど、鑑定結果はラウルには見えないようだ。スキル所有者の私の目だけに、鑑定結果が写る。

……誰かれ構わず見えちゃわなくてよかった。

そのことにほっとしつつ、私は鑑定ボタンを切った。

「えーっと……光が当たってる部分にあるものが全部、鑑定されたの」

「…………は？」

ラウルは意味がわからないとでも言いたげな様子で、首を傾げ天井を見上げ、たっぷり間を置いてから私を見た。

「私だってびっくりしてるよ……。とりあえず、キャンピングカーを見てみてもいい？」

「ああ、それはもちろん。レベルが上がったんだし、確認は大事だ」

私は心を落ち着かせる意味合いも含めて、念のためキャンピングカーを確認してみることにした。

運転席から一度外に出てみると、以前ぶつけてしまった傷が綺麗《きれい》になくなっていた。というか汚れもなくなっていて、まるで新車だ。

「……あっ！　レベルアップしたから全回復した！　みたいな感じかな？」

これは嬉《うれ》しい誤算だ。

たぶん今までもレベルアップごとにピカピカになっていたのだろうけれど、最初はレベルアップが早かったし、開けた場所を走っていて傷つくこともほぼなかったから気づかなかったのだろう。

車体周りは、ピカピカになったという以外に変化はなかった。ラウルも「綺麗になったなぁ」と感心している。

鑑定が実装されただけみたいだし、これ以上の変化はないみたいだ。

「……鑑定ライト、ちょっと試してみようかな？」

キャンピングカーの前にさっき摘んだ薬草のカゴを置いて、鑑定のスイッチオン！　すると、カゴの上に何重にも重なって『〈薬草〉初級ポーションの材料になる薬草』という表示が現れた。

……これは気持ち悪くなるね！

私はさっとカゴをどけて、しかしすべて薬草だったのでラウルの薬草選別に拍手した。

「もう検証は終わったのか？」

「うん」

私がいろいろ確認していたので、ラウルはおはぎを頭に乗せたまま少し離れたところで待機してくれていた。

……いつの間にかあんなに仲良くなってる！

「鑑定ライトを試してみた結果、全部薬草でした！」

「すげぇな……。採取依頼だったら無敵じゃねぇか」

「本当、そう思う」

どんな遠くでもキャンピングカーがあれば比較的楽に行くことができるし、鑑定ライトがあれば見つけるのも容易《たやす》いだろう。

今度、走りながら使うのも楽しいかもしれないね。ただし、事故に注意！だけれど。

さて、鑑定ライトをオフに……と思ったところで、〈角ウサギ〉という文字が見えた。

「ラウル、あそこに角ウサギがいるよ」

「お、狩って飯にするか？」

「そうしようか」

今日はここでのんびり一泊するのもいいだろう。

「んじゃ、決定」

ラウルはそう言うやいなや、短剣を一本投げてあっという間に角ウサギを狩ってしまった。まさに一瞬の出来事だった。

「え、つよ、ていうか早……」

角ウサギは光の粒子になって消えて、ドロップアイテムとして角ウサギの肉が残った。

……ゲームとはいえ、不思議な現象だ。

ちなみにこの世界の魔物は倒すとドロップアイテムを残して消えて、動物は死体が残るという仕組みになっている。

「さすがにこれくらいはできるさ。でも、もう一匹くらいほしいか。まだいると思うから、周囲を見てくる。ミザリーは……焚き火でもするか？」

「します!!」

私がすかさず手を上げて返事をすると、ラウルが「だよな」と笑う。私の焚き火好きはもうバレバレだ。

素直にラウルと頭の上のおはぎを見送って……一緒に行って大丈夫なのかと思いつつも、私は焚き火を始めることにした。

初めてのスキレット料理　～角ウサギのオムレツ～

「よーし、せっかくだからいつもと違う感じにしよう。今日は……キャンプファイヤー焚《た》き火!!」

なんだか楽しそうな響きだ！

私はまず焚き火に適した場所を探す。草花がたくさん生えているところではなく、地面がむき出しでごつごつしたところがいい。

少し周囲を見回すと、すぐにちょうどよさそうな場所を発見した。

「よしよし」

私は以前集めてトランクに積んでおいた木の枝――もとい薪を取り出してきて、井の字形に組んでいく。

「ミニキャンプファイヤーって感じ！」

さっそく中に細めの薪を入れて火をつけた。

最初は小さな火が段々と大きくなっていくのを見ると、どうしようもなく頬が緩む。は～～～～ずっと見てたいね～～。

「って、そうだご飯の準備もしなきゃ！」

ココシュカの街でいくつか野菜も買ってあるので、まずはサラダ作り。とはいっても、葉野菜をちぎってトマトをのせて完成というお手軽さだ。

今回いつもと違うのは、ドレッシング！

材料はにんじん、蜂蜜、オリーブオイル、塩、黒コショウ。ニンジンはすりおろして、ほかの材料と混ぜたらできあがり！　結構お手軽なのに、とっても美味しいのです。

「サラダはこれでよし……っと。だけど、本番はここから。じゃじゃーん！」

購入した鉄スキレット――！

これで今日のメインディッシュ、角ウサギを焼いちゃうのです。はあぁ、こんなの絶対に美味しいに決まってるよね。

塩コショウで焼くのもいいけど、チーズをのせるのもあり。それとも野菜も一緒に炒《いた》めちゃう？

「ん～～、スキレットの可能性が無限大すぎる」

卵も購入してるから、オムレツっぽくしてみるのもいいかもしれないね！


下準備がほとんど終わったので、私はキャンピングカーのトランクから椅子を取り出した。ファンタジーな木でできているローチェアだ。

さっそく焚き火の前に置いて、座ってみる。

「…………これは控えめに言って最&高」

深めのローチェアなので、座ったときの安定感が抜群だ。地面に近いことが気になるかと思ったけれど、草木の香りがするだけで、ただただ心地よい。

……これでお昼寝したら最高だ。

そして聞こえてくる、パチッという焚き火の音。

これがまた風情を出してくれていて、立ち上がりたくなくなるというものだ。自分の椅子に座って焚き火を眺める。社畜や悪役令嬢時代にはできなかった理想の形だ。

しばらくぼーっとしていると、焚き火が心許なくなってきた。

もう少し薪を足した方がよさそうだと、私は薪に手を伸ばして――届かない★

「あー、そうかなるほど、ローチェアだから起き上がらないとだよね」

思わずよっこらしょと言いたくなってしまったのは内緒だ。言ってないのでセーフだし。

……でも、ローチェアは立ち上がるのがちょっと億劫《おっくう》だね。

今度からは座ってても手の届く場所に薪を置かなければならないということを学んだ。


焚き火に薪を足していると、狩りを終えたラウルとおはぎが帰ってきた。その手には角ウサギのお肉が三つも……！

「うわ、すごい」

「少し向こうに小川があったから、下処理もしてきた」

「最高では……」

さっそくキャンプファイヤー焚き火の上にスキレットを置き、角ウサギの肉を焼いていく。ジュウウウゥという音が聞こえるだけで、すでに美味しそうだ。

焦げ目がつくまで焼けたら少し蒸し焼きにして、そこに切っておいた玉ねぎを入れて炒めていく。すぐ隣に小さい焚き火も作って、そっちはおはぎ用の肉を茹《ゆ》でている。

「美味《うま》そうだな」

「うん……！　早く食べたいね！」

玉ねぎが飴色《あめいろ》になったのを見て、ラウルが「そろそろいいんじゃないか？」と瞳を輝かせてこっちを見てくる。

「チッチッ、まだ仕上げが残ってるんですよ」

「仕上げ？」

私が人差し指を立てつつラウルに告げると、不思議そうに首を傾げた。

「じゃじゃーん、卵です！」

「おおっ！」

私は素早く溶き卵にして、スキレットの端に肉や野菜などを寄せて……空いたスペースに一気に卵を流し入れる。

ジュワッと一気に火が通るので、ここからはスピード勝負だ。私は手早く卵で肉をくるんで、焚き火からスキレットを持ち上げてすぐ横の岩の上に置き、同時進行で作っていたトマトソースをかけてパンを添える。それを二人分。

「完成～！　角ウサギのオムレツです！」

「美味そう！」

「そしておはぎには、角ウサギの茹で肉で～す！」

『にゃう～♪』

ラウルはもちろんだが、おはぎも尻尾《しっぽ》の先を揺らして嬉《うれ》しそうにしている。ということで……

「「いただきます！」」

『にゃっ』

オムレツをスプーンですくうと、中は半熟でトロトロだ。それに包まれている角ウサギの肉と玉ねぎを一緒にいただく。

「ん～～、んまいっ」

淡白な角ウサギのお肉も、卵に包まれたらまるで別物だ。卵とトマトソースがしっとりと食べさせてくれる。

「うめぇ！」

私と同時に食べたラウルも、隣で絶賛してくれている。おはぎは喉をゴロゴロ鳴らしながら夢中で食べているので、美味しいのだろう。

半分ほどオムレツを食べたところで、私はサラダの存在を思い出す。

「サラダも作っておいたからどうぞ！」

「お、サンキュ。――シャキシャキで美味いな」

「でしょ～！　ココシュカで新鮮な野菜を買えたからね」

私はトマトを食べようとして、ハッとする。

「もしかして……こうすればいいんじゃない⁉」

「ミザリー？」

　スキレットをキャンプファイヤー焚き火の上に載せて、サラダのミニトマトを投入した。すると、すぐにトマトの表面が焼けていき香ばしい匂いが……。

「あ、俺もやりたい……！」

「焼きトマトも最高です……」

　オムレツはもちろん、サラダと焼きトマトも美味しくいただきました。

山の中の捜索

それから私たちは、無理のないペースでキャンピングカーを走らせ、再びフルリア村にやってきた。

すると、村の中がなんだか騒がしい。

『にゃう？』

「どうしたんだろうね。……あ、もう冒険者がいるみたい！」

もう行ってしまったけれど、冒険者装備の人が歩いていく後ろ姿が見えた。

ゆっくりとはいえキャンピングカーで来たのに！　と私が驚いていると、ラウルは「馬を飛ばしたんだろ」と理由を教えてくれた。

「街や村はそうないけど、旅宿みたいなのは街道沿いにいくつかあるんだ。そこで馬を借りることができるからさ」

「なるほど」

旅宿で馬を替えつつ、急いできてくれたようだ。

……冒険者、めっちゃいい人たちだ！

私たちが村に入ろうとしたところで、薪のお兄さんがいることに気づく。今日も村の入り口に近いところで、元気に薪割りをしていた。

「あ！　二人とも、もう戻ってきたのか⁉　冒険者も来て、あまりの速さにびっくりしたぞ」

「移動は得意なんです！」

ピースサインで笑顔を向けると、薪のお兄さんも笑顔を返してくれた。

「今、二組の冒険者が来てくれてるんだ。Ｂランクのソロと、Ｃランクのパーティだ」

「わっ、それなら心強いですね！」

Ｂランクであれば、リーフゴブリンに対抗できるはずだ。さらにＣランクのパーティがいるのなら、みんなでフルボッコにできるだろう。

「いやー、助かったよ。ギルドに伝えてくれてありがとう」

「いえいえ、これくらい。……っと、そうでした。私も冒険者登録をしたんですけど、フルリア村の方宛てに手紙を預かってきたんです」

「手紙を？　誰宛だ？」

薪のお兄さんが「案内するぞ」と言ってくれているので、お言葉に甘えることにする。

「アンネさんです。この前、知り合いはしたんですけど……家は知らなくて」

「ああ、アンネばーさんか」

すぐに頷《うなず》いて、薪のお兄さんは言葉を続ける。

「ってことは、差出人はテオだな？　あいつも元々フルリアに住んでたんだが、街へ出てな。いっつも、不便だから街へ引っ越してこいって手紙を送ってくるんだ」

「一緒に暮らしたいお年頃なんですかねぇ」

私が苦笑すると、「あいつはマザコンだからな！」と薪のお兄さんが笑った。

「アンネばーさんの家はこっちだ」

「はい」

どうやら村の奥の方にあるみたいだ。

しばらく歩くと、緑の屋根の可愛らしい家が見えた。どうやら、あれがアンネの家みたいだね。

「案内ありがとうございます」

「いいってことよ、これくらい。んじゃ、俺は戻るぜ」

「はい」

手を振って薪のお兄さんを見送り、私はアンネの家のドアをノックする。

「初めての依頼だから、ドキドキしちゃう」

「つっても手紙の配達だけだから、大変なことはもう終わってるよ」

「運ぶ道中が一番大変だもんね」

それを考えると、今回の依頼は本当に私に打ってつけで――って、家の中から特に反応が返ってこない。

「「……？」」

私はラウルとおはぎと顔を見合わせ、首を傾げる。

「出かけてるのかなぁ？」

「そうかもしれないな。小さな村だし、すぐに帰ってくるんじゃないか？」

ラウルの言葉にそれもそうだと頷き、私たちは少し時間を潰すことにした。イーゼフ村長へも挨拶に行きたいからね。

その後は雑貨屋に行って、買い物もできたらいいなと思う。

ということでイーゼフ村長の家に行ってみたのだが、これまた留守。

「あれぇ……？　留守ばっかりだね」

「もしかして、村の入り口じゃないか？　ほら、冒険者が討伐に出るから見送りしてるのかも」

「それはありかも！」

急いで村の入り口に行くと、ラウルの予想通り、イーゼフ村長をはじめ、村の人たちが大集合していた。

冒険者の人が見れるかと思ったが、すでに討伐に出た後だった。残念。

「ちぇー。あ、イーゼフ村長！」

おそらく家へ戻ろうとしたのだろうイーゼフ村長を見つけ、声をかけた。すると、眉を上げて「おおっ」と嬉《うれ》しそうにこちらへ来てくれる。

「ミザリーさん、ラウルさん！　冒険者ギルドへの連絡、ありがとうございますじゃ」

「いえいえ。無事に冒険者が来てくれてよかったです。出発してくれたんですね」

私が確認すると、イーゼフ村長は頷いた。

「リーフゴブリン一匹程度なら、問題はないそうじゃ。これでゆっくり休むことができますじゃ」

イーゼフ村長は嬉しそうだ。顔には少し疲労の色が浮かんでいるので、この数日間はあまり眠れなかったのかもしれない。

これから家で少しゆっくりするというイーゼフ村長に、私は頷く。が、その前にアンネのことを聞いておこう。

「アンネさん宛ての手紙を預かっているんですけど、家にいらっしゃらなくて……。もしかして、この辺にいますかね？」

冒険者の見送りに来ている人が大勢いるので、その中にいるのがアンネでは？と思ったのだが、見回す限りその姿はない。

イーゼフ村長は「はて？」と首を傾げた。

「……ここらにはいないようじゃな。いったいどこに行ったか」

「入れ違いで家に帰ったか、違うところに出かけてただけかもしれないですね」

タイミングが悪かったみたいなので、また後で尋ねてみることにしよう。私がそう考えていたら、

「外に出かけていったよ」と村の子供が口にした。

「「「え？」」」

思わず、私、イーゼフ村長、ラウルの声が重なった。

子供の言葉に慌てたのは、イーゼフ村長だ。

リーフゴブリンが出るので、村の外には出ないようにと、村中に通達してあるからだ。もちろん、アンネにも。

「どういうことじゃ？　あれだけ外は危険だと伝えていたし、アンネもそれは承知のはずじゃ！」

「んー、タマが外に出ちゃったから捜しに行くって言ってたよ」

「タマ？」

まるで猫の名前だ。そう思いながら私がおはぎの額に触れると、子供は「そう、猫！」と返事をしてくれた。

「猫がいなくなっちゃったんなら、捜しに行くのは仕方ないね……！」

「だからといって、外は危険なんじゃが……」

イーゼフ村長が、「どうしたものか……」と困り果てている。

アンネが村の外にいることはわかったけれど、捜しに行った人がリーフゴブリンと遭遇してしまっては大変だ。簡単に捜索隊を出すわけにもいかないだろう。

……こんなときこそ、キャンピングカーの出番じゃない？

「私がアンネさんを捜してきますよ！　これでも、冒険者ですからね！」

私が胸を張って告げると、イーゼフ村長が返事をするより先にラウルから「待て待て」とストップがかかった。

「リーフゴブリンに遭遇したらどうするんだ。ミザリーには危険すぎる」

「でも、アンネさんとタマが心配だよ。それに、逃げるだけなら私は強いよ！」

なんといってもキャンピングカーですからね！

今まではそんなに速度を出していないけど、時速百キロ以上もいけるのではないかと思う。たぶん。

私の主張を聞いたラウルは、う～～んと悩んでいる。

危険だけれど、私のスキルであれば可能だろうと考えているのだろう。キャンピングカーのすごさは、ラウルも身をもって知っているからね。

「…………わかった。絶対に無茶はしないってことだけ約束してくれ。何かあったときは、俺の指示に従うとも」

「もちろん！」

『にゃ！』

私が返事をすると、おはぎも一緒に頷いてくれた。

「ということなので、私たちがアンネさんを捜してきますね。逃げる手段はあるので、心配はいりませんよ」

イーゼフ村長に笑顔で告げると、「ありがとうございます」と頭を下げられた。

「冒険者に頼り切りで申し訳ないですが、どうぞよろしくお願いいたしますじゃ」

「お任せください！」

ということで、アンネとタマの捜索に出発だ。

村から少し離れてから、私はキャンピングカーを召喚して乗り込んだ。

「しかし、猫を捜して村の外になぁ……。あんまり遠くに行ってないといいけど」

「そうだねぇ……。猫って、基本的にそんな遠くに行ったりしないと思うんだけど、どうなんだろう？」

『にゃう？』

ラウルに返事をしつつおはぎを見ると、わからないとばかりに首を傾げられてしまった。可愛い。

猫は基本的に遠くに行きはしないけれど、だからといって絶対ではないし、近場にだって危険はたくさんある。

……もし魔物に遭遇してたらどうしよう。

一撃でやられてしまう未来しか想像できず、私はさあぁぁと青ざめる。

「急いで捜そう！　カーナビで……っと」

インパネ部分のカーナビを見て、赤丸——人間がいる場所を探す。みんな村にいるから見つけやすいはずだ。

見ていると、赤丸が五個あった。

「まだ村に近いし、これは冒険者かな？」

となると、アンネはどこだろう。

もう少し山側を見ていって——見つけた！

「って、山の中に反応がある！　アンネさん、山に入っちゃってるかもしれない!!」

「まじか！　リーフゴブリンがいた場所からは離れてるけど、移動してる可能性はあるから……急いだ方がいいな」

「うん！」

全速力で向かうしかない。

「アンネさん、タマちゃん、待っててね……！」

私はぐっとアクセルを踏み、出発した。


一〇分ほどで目的の山に到着した。

木々は多いけれど、間隔が狭いわけではないので多少ならキャンピングカーで進むことができそうだ。

「山の斜面だし、土砂崩れが怖いから慎重に進もう」

赤丸まではもう少し進まないと駄目そうだ。

……というか、アンネってお年寄りなのによくこんな道を登って……。

実は温和に見えてパワフルおばあちゃんだったのだろうか。そんなことを考えながら、私はゆっくりキャンピングカーを走らせた。

「……山を登っていけるのって、いいよなぁ」

ラウルは窓から外を見つつ、周囲を警戒してくれている。たとえば大きな枝とか、そういうのがあって危険なこともある。

さすがにカーナビに映らないからね。

それから少し進むと、「タマ、下りておいで～」という声が聞こえてきた。

「アンネさんの声だ」

「すぐ見つかってよかったな」

声の様子から、タマがどこか高いところに登ってしまったのかもしれない。キャンピングカーで行ってタマを驚かせて落ちたりしては大変なので、私たちは歩いていくことにした。

幸い距離は日と鼻の先だし、声も聞こえている。

「アンネさ～ん、いますかー？」

「――！　誰だい!?」

私が呼びかけると、アンネが返事をしてくれた。ラウルと顔を見合わせ、ほっと胸を撫《な》で下ろす。

「よかった、大丈夫そうだ」

「うん。でも、タマちゃんは油断ならないね……！」

ピンチなのかもしれない。絶対に助けるぞ！　と思いながら声のした方に向かうと、木の上で泣く猫と、その下でおろおろしているアンネがいた。

アンネはすぐ、私とラウルに気づいてくれた。

「よかった、見つかって。リーフゴブリンがいるのに村の外に出たって聞いて、驚いたんですよ」

「そうだったのかい……。心配をかけて申し訳なかったね」

眉を下げながらそう言って、アンネは木の上を見た。

「あの子がタマちゃんですか？」

「ああ。高いところに登るんだけど、下りれないんだよ」

「あら……」

猫、そういうとこあるよね……！

タマが登った木はこの辺りでもひときわ高くて、もしかしたら一〇メートル近くあるかもしれない。あそこから落ちたら軽い怪我じゃすまない。

「どうしよう……」

「俺に任せとけ」

「ラウル？」

私がどうにかして打開策をと思っていたら、ラウルが軽やかに木を登っていってしまった。

「はあぁ、度胸があるねぇ。私はどうにも高いところが苦手でね」

「あれだけ高かったら大抵の人は怖いと思いますよ……」

若干ハラハラしつつ見守っていると、ラウルはあっという間に登り切って、タマを抱き上げてしまった。「もう大丈夫だぞ～！」と、とびきりの笑顔だ。

私の隣で見守っていたアンネは、ほっと大きく息を吐いた。


無事にアンネを発見しタマを救出した私たちは、少し休憩をしてから村に戻ることにした。きっと、タマも腹ペコなはずだ。

「えーっと、キャンピングカー召喚！」

「――こりゃあ、驚いた」

私がキャンピングカーを出すと、アンネが大きく目を開けて、タマは『シャーッ』と威嚇してきた。

怖かったか、ごめん。

「これは速く移動できる私のスキルです。歩いて村に帰ると大変なので、乗ってください」

「あ、ああ」

キャンピングカーのドアを開けて、靴を脱いで乗るようアンネに説明する。タマの足は濡《ぬ》れタオルで拭かせてもらう。

ラウルがスリッパを出して、「俺もめっちゃびっくりしたんです」と何やらフォローのようなことをしてくれている。

タマは足を拭かれたのが嫌だったのか、居住スペースをめちゃくちゃ爆走している。

私とラウル、それからアンネ、人間用にはチーズとレタスをはさんだだけの手軽すぎるサンドイッチを作り、猫たちには恒例の茹《ゆ》で肉を用意した。

とりあえず、一休みだ。

「……いやあ、悪かったね。アンタたちが来てくれて助かったよ。ありがとう」

食事を終えると、アンネが深々頭を下げて、膝に乗せているタマの頭をぐりぐり撫でた。

リーフゴブリンの出現はもちろんアンネも知っていただろうけれど、それ以上にタマが心配だったこともわかる。

……強く責めるようなことは言えないよね。

私だって、もしおはぎがいなくなったら捜しに行ったはずだ。

アンネはキョロキョロ首を動かして、「しかし、すごいもんだねぇ」と言う。

「こんなスキル、聞いたことがないよ。さぞ名の知れた冒険者なんだろう？　それなのに、私なんかの捜索をしてくれて……」

「いえ、まだ駆け出しなので！　スキルはラッキーでしたけど、あまり人には言ってないんです」

私の説明に、アンネは「スキルを悪用する人もいるから気をつけるんだよ」と頷いた。

「タマも家の方が落ち着くだろうから、そろそろ……あら、仲良しだ可愛い～～！」

アンネの膝の上に乗っているタマのところに、いつの間にかおはぎが近づいていた。タマのことがずっと気になっていたみたいで、ふんふん匂いをかいでいる。

『にゃぁ』

『うにゃ』

おはぎとタマは喧嘩《けんか》することなく、お互いの匂いをかいで鼻先をちょんとくっつけている。猫同士の挨拶だ。

「いいねぇ、おはぎ。タマと友達になったんだね」

『にゃ』

おはぎもタマも嬉しそうだ。

「じゃあ、私は運転するから……アンネさんはそのまま座っててください。おはぎとタマも。動くから気をつけてね。ラウルは少しだけ様子を見ててもらっていいかな？」

「ここに座ってればいいんだね？　わかったよ」

「ああ」

二人が頷いたのを確認して、私は運転席へ移動する。

山の下りは危険だから、ゆっくり安全運転でいこう。無茶をしたら、アンネとタマを驚かせちゃうからね。

「よーし、出発！」

ブロロロロと走り出すと、「動いてる！」というアンネの驚いた声が聞こえてくる。わかるよ、この世界には自動車がないからね。

キャンピングカーには窓もついているので、外の景色を楽しんでいるかもしれない。

「特にカーナビの設定は必要ないけど、地図はこまめに確認しなきゃ――あれ？」

インパネに表示されている地図を見ると、行きしなに見た赤い丸の動きが変だ。

一つの赤丸が留まり、二つは逃げるように山を下っている……ように見える。赤丸でしか表示されないので詳細はわからないけれど、もしかしたら何かあったのかもしれない。

「……リーフゴブリンを見つけた、とかかな？」

「なんだって？」

私がぼそっと呟《つぶや》いただけだったけれど、聞こえていたらしいラウルとアンネがこちらを見ていた。

「冒険者たちが危ない、ってことかい……？」

不安を帯びたアンネの声に、私は息を呑《の》む。リーフゴブリンがいたのであれば、きっと戦っているのだろう。

……苦戦してて、ピンチに陥ってるとか？

一気に嫌な想像が私の頭の中を駆け巡る。首を振って、熟練の冒険者なのだから大丈夫だと、どうにか自分に言い聞かせる。

ラウルがじっとインパネの地図を見つめて、「近いな」と呟いた。

「ここにいたら巻き込まれる可能性もある。早く村に戻った方がいい」

「――！」

その言葉に、私はあからさまに動揺してしまった。だって、それは冒険者たちを見捨てて逃げるようなことになるんじゃないか……と、考えてしまったから。

動揺がラウルにも伝わってしまったみたいで、安心させるように私の肩に軽く手を置いた。

「俺たちも冒険者だ。ミザリーが助けに行きたい気持ちはわかるし、俺だってそうだ。でも、今はアンネさんを村に帰すのが先だ」

「……うん」

ラウルの言葉はもっともだ。

私にあるのはキャンピングカーだけで、戦闘能力はない。行って、リーフゴブリンと戦っている最中なら、私はただの足手まといになる。

私はアクセルを踏んで、村への道を急いだ。

VSリーフゴブリン

山をゆっくり下りだして数分、地図に表示されている青丸がこちらに向かってきていることに気づいた。

「え……？」

赤丸は人間。青丸は、それ以外の――たとえば魔物などだ。

「もしかして、リーフゴブリン⁉」

私はひゅっと息を呑《の》んだ。

凄い速さでこちらに近づいてきているので、ちんたら山を下っていたら追いつかれてしまうかもしれない。

……やばい！

「ラウル、なんだかリーフゴブリンがこっちに近づいてきてるみたい！」

「なんだって⁉」

私が慌てて声をあげると、すぐラウルが助手席にやってきた。

「どうしてだろう、狙われてるのかな⁉」

「……走る音のせいか、それか気配に敏感なんだろうな。どうにかして逃げ切りたいけど……微妙か？」

「そんな……」

もしこのまま逃げて、リーフゴブリンを村に引っ張ってしまったら大変だ。そう考えたら、どうにかして遠くに連れていきたい気もするが……控えめに言って無理じゃない⁉

私があわあわしながら必死で運転していると、ラウルはいつの間にか居住スペースに戻ってしまった。

ちょっと、一人にしないで‼

「ううう～」

涙目になりつつ、木を避け運転していると、ラウルが戻ってきた。

「ミザリー、下りるのをやめて、西寄りに登っていってくれ」

「え⁉」

ここから登るの⁉　と思いきや、ラウルがそう言うなら何か手があるのだろう。私は頷《うなず》いて、一気にUターンをしてアクセルを踏む。

……山の向こう側に逃げるってこと⁉

私がドキドキしながら運転している間にも、ラウルはアンネとちょこちょこ何かを話している。

アンネが居住スペースにいるので、私まで話の内容はあまり聞こえてこない。

しばらく西方向に進んでいくと、切り崩されたような大きな崖が見えてきた。それを迂回《うかい》するように登ったところで、『グルアアアァ』という低く大きな声が響いた。

――リーフゴブリンだ!!

「どうしよう、ラウル。追いつかれたみたい……!!」

青丸を見ると、もう目と鼻の先だ。

私が顔を青くしながら告げると、ラウルは緊張した面持ちで「大丈夫だ」と頷いた。何か考えがある、そんな顔だ。


「リーフゴブリンを、キャンピングカーで体当たりして崖から落とすぞ」


「…………は？」

ラウルの作戦を聞き、素直に無理やろという一言が頭に浮かんだ。リーフゴブリンにキャンピングカーでアタックして崖から落とす？

「いやいやいやいや、無理でしょ！」

「そうか？　キャンピングカー、結構頑丈だからいけると思うんだけど」

そうではなくて!!

いや、そういう問題なのか……？　そうだよね、この世界は魔物を討伐することが当然なんだから、倒せる可能性があるなら、今は手段を選んでいる場合ではない……のか。

リーフゴブリンにキャンピングカーを摑《つか》んで持ち上げられたりなんかしたら……考えただけでも恐ろしい。いけるの……か……!?

私がそんなことをもんもんと考えていると、「来たぞ！」というラウルの声が響いた。

「うぇっ⁉」

サイドミラーを覗《のぞ》き込むと、緑の巨体が映っている。

「あ、あれがリーフゴブリン⁉　でかっ‼」

リーフゴブリンは三メートルほどの大きさで、頭にわしゃっと草が生えていた。

「タマ、おはぎ、大丈夫かい？」

『にゃっ』

『にゃあぁ』

おはぎたちはアンネが見ていてくれるようだ。それにほっとしたら、アンネの「身体強化！」という声が聞こえてきた。

……元気に山登りしてた理由がわかったよ。

私はぎゅっとハンドルを握り、軽く深呼吸をしてアクセルを踏む。崖から少し離れて、リーフゴブリンを待ち構えるのがいいと思ったからだ。

ラウルが「大丈夫だ」と真剣な表情で頷いて、私を安心させようとしてくれている。

「どっちみち、どうにかしないとフルリア村も危ないもんね」

「まったく想定外だったけどな。でも、ミザリーのキャンピングカーなら、なんとかなるはずだ。正面から戦うわけじゃないしな」

「……うん！」

私も頷いて、目視でリーフゴブリンを捉える。

こちらに向かって一直線で走ってくるのは、何も考えていないからだろうか。それとも、自分の方が強いという絶対的な自信があるからだろうか。

「ミザリー、今だ！」

「はいっ！」

ラウルの合図とともに、私は思いっきりアクセルを踏んだ。ギュルルルルッとタイヤが音を立てながら走って、向かってきたリーフゴブリンに体当たりした。

ドゴンッと強い音がして、私は思わず目をつぶる。

『グルアアアァッ！』

「ひいいいぃいぃいっ」

間抜けな声が出てしまったのは許してほしい。

しかし勇気を振り絞った甲斐《かい》あって、ちょうどリーフゴブリンの背後に位置する崖へ突き飛ばすことに成功した。

一〇メートル以上高さがあるから、きっと倒せたはずだ。

「よし！」

「――！　やった……！」

目をつぶってしまったが、ラウルの声を聞いて私も顔を上げる。リーフゴブリンが宙に投げ出されているのだが――その体からシュルルと蔦《つた》が伸びてきて、キャンピングカーに巻きついてきた。

「え……？」

一瞬、心臓が止まったような気がした。

が、一気にバクバク音を立て始める。このままじゃ、リーフゴブリンに道連れにされて、私たちも崖下に真っ逆さまだ。

「やばいやばいやばい、どうしようラウル！」

「とりあえず蔦を斬るしかない！」

ラウルは窓を開けて、巻き付いた蔦を斬っていくが……それより崖下に引きずり込まれるスピードの方が何倍も速い。

「駄目、窓を開けてた方が危険かも‼」

私は咄嗟《とっさ》に窓を閉めて、ぐっとハンドルを握りしめる。

「ラウル、アンネさん、何かに摑まって体を丸めててください‼」

「おお」

「わ、わかったよ！」

『『にゃあぁ』』

こうなればやけくそだ。

無意味かもしれないが宙に浮いたままのキャンピングカーでアクセルを踏むと、ちょうどタイヤ部分に蔦があったようでわずかに走った。

……わあ、ソラノウエヲハシッテルー。

「いっけぇ！」

私はそのままキャンピングカーで身動きのできないリーフゴブリンの顔面を踏んづけ、さらに大きく空中を走る。

実際に走れているわけではないけどね……‼

そのままキャンピングカーでジャンプしたかたちになり、なんとも運よく崖の端っこに行くことができた。

……よし、地面だ！（崖だけど！）

そのまま勢いに任せてアクセルを踏むと、キャンピングカーは崖を下り出した。

「うおおぉぉっ⁉」

漫画かよ！　と思ったけれど、ここは乙女ゲームの世界だった！　ありよりのありだ！

そのまま叫びながら崖を下ると、体感では一〇分くらい運転した気がするけれど、時間にすれば宙に浮いてからわずか数分だっただろう。

私たちは無事、地面に生還した――。


「はあああああ、生きてる」

それだけ言葉にするのが精いっぱいだった。

「はあー……。俺も心臓がバクバクしっぱなしだ」

助手席のラウルもぐったりして、フロントに突っ伏している。すると、《ピロン♪》と音が聞こえた。

《レベルアップしました！　現在レベル10》

「おわっ！　レベルが上がった！」

「まじか。レベルアップしたばっかりだったけど……リーフゴブリンを倒したから、とかか？」

ラウルの言葉に、私は首を傾げる。

確かにそれもあるかもしれないけど、無茶な運転をしたからというのも考えられる。うっかり空を飛んじゃったわけだしね。

「どういう状況で経験値がたくさん入るかは、私もわかんないんだよね。わかってるのは、走ればレベルが上がるってことくらいかな？」

「なるほどな……。珍しいスキルだと、わからないことが多いか」

ラウルの言葉に頷き、私はハッとする。

「アンネさん、おはぎ、タマちゃん！　大丈夫ですか⁉」

リーフゴブリンに対峙《たいじ》するのが精いっぱいで、すっかり居住スペースのことを忘れていた。私はラウルと一緒に、慌てて居住スペースへ移動した。

見ると、アンネは机の下にもぐっておはぎとタマのことを抱っこしてくれていた。どうやら大きな怪我もなく、無事みたいだ。

「よかった……。すみません、かなりアクロバティックでしたよね。大丈夫ですか？」

「私は大丈夫だよ。この子たちも、怖がりはしたけど怪我はないよ」

「ありがとうございます」

私はほっと胸を撫《な》で下ろして、アンネが抱えているおはぎを見る。

「おはぎ、おいで！」

『にゃあぁっ！』

「ごめんね、怖かったね」

おはぎはすぐに私の腕の中に飛び込んできて、にゃあにゃあと頭突きするように頭を擦《こす》りつけてきた。

私もおはぎの頭や喉やらを撫でてあげて、無事を喜んだ。


「……リーフゴブリンはどうなったんだい？」

「あ、忘れてた！」

「豪快なお嬢ちゃんだねぇ……」

アンネの問いかけに私が声をあげると、アハハと笑われてしまった。みんなが無事だったことで、頭からすっぽ抜けていたみたいだ。

全員でキャンピングカーから降りて、リーフゴブリンを探してみる……が、いない。

「あ、あれじゃないか？」

「ん？　って、クレーターみたいになってるね？」

キャンピングカーから少し離れた先、地面が凹《へこ》んでいた。

そこにはリーフゴブリンの姿はもうなくて、いくつかのドロップアイテムだけが残っている。それをラウルが手に取った。

「満月草に、四季の種に、薬草と……月桂樹《げっけいじゅ》の短剣だ」

「ただの薬草もドロップするのはあれだけど、珍しい薬草と種に……短剣はそこそこ使えそうだね」

ラウルが渡してきたので手に持つと、短剣とは思えないほど軽かった。これなら、私でも簡単に振り回せそう。

ゲーム時代にもこの短剣はあったけれど、中継ぎに使っただけで最終武器にはしなかった。けれど現実になると、武器の重さや持ち運びなど、いろいろ考えなければならないことも増える。

……うん。この短剣、いいかも。

「ミザリーも冒険者なんだし、その短剣を使ったらいいんじゃないか？」

「え？　それは嬉《うれ》しいけど、ラウルの取り分もあるし……。相場の半額なんて出せる余裕は――」

「こらこらこら。リーフゴブリンを倒したのはミザリーだろ？　俺が分け前をくれなんて、言えないって」

だから何も気にしなくていいとラウルは言うけれど、作戦を考えて崖までの道案内をしてくれたのはラウルだ。指揮官みたいなものだから、分け前は必須だろう。

「駄目だよ。ラウルだって、一緒に戦ってくれたよ！」

私が絶対に譲らないという勢いで告げると、ラウルは目をぱちくりと瞬かせた。そしてそのまま笑う。

「ったく、素直にもらえばいいものを……。もしほかの冒険者と組んでそんなこと言ったら、全部持ってかれちまうぞ？」

「う……！　それはほら、ラウルだからだよ！」

私だってそんなに考えなしではない。

とりあえず、短剣を私がもらって、満月草と四季の種をラウルの取り分にした。


「……あ！」

リーフゴブリンの討伐は無事に済んだので、村に帰るのだが――私は冒険者たちのことを思い出した。

「ラウル、アンネさん。リーフゴブリンが私たちのところに来たってことは、冒険者の人たちってどうなったんでしょう……？」

もしかしてもしかしなくても、やられてしまっているのでは……？　と、私の背中に嫌な汗が伝う。

リーフゴブリンを倒してお祭り気分だったラウルとアンネもハッとした顔をして、考えるように口元に手を当てた。

「…………運がよければ生きてると思う」

「……せめて遺体くらいは運んでやりたいね」

「って、二人とも死んでる体《てい》で話さないで……っ!!」

私は急いでキャンピングカーに乗り込んで、インパネで周辺を確認した。赤丸が動いていれば、とりあえず冒険者たちは生きているはずだ。

見ると、三つの赤丸がかたまっていて、もう一つは少し離れたところにいる。三つの赤丸は動いているので、歩けないほどの重傷ではなさそうだ。

「問題は、こっちの動いてない赤丸か……」

動いていないとはいえ、まだ息があるかもしれない。私はラウルとアンネに助けに向かう旨を伝えて、キャンピングカーを走らせた。

おそらく、目的地までは山道ということもあって二〇分くらいかかりそうだ。変に焦って事故らないように、安全運転を心掛けねば。

ラウルは助手席、アンネは猫たちと居住スペースに乗っている。

しばらく走り、あと少し……というところで、ラウルが思い出したと口を開いた。

「そういえば、スキルがレベルアップしたんだろ？　何か変わったのか？」

「ハッ！　そうだった!!」

リーフゴブリンと冒険者のことで頭がいっぱいで、レベルアップのことを後回しにしてしまっていた。

前回のレベルアップは鑑定とかいうとんでも機能がついた。今回はどんな変化があるんだろう。

インパネをちょっとタップすれば内容がわかるので、私はスピードを緩めて一瞬だけ操作する。

「え、これって――」

私が驚きの声をあげると、覗き込んだラウルが首を傾げた。

「そんなにすごいのか？　……って、前！　冒険者が倒れてる」

「え、どこどこ⁉」

ラウルの声に、私は目を凝らして前方を見て――いた！　数十メートル先の木の横で、一人の冒険者が倒れている。

キャンピングカーを停めると、私とラウルはすぐに飛び出して冒険者の元へ行く。

倒れていたのは、ポニーテールの女性冒険者だ。耳が長いので、人間ではなくエルフだということがわかる。

「大丈夫、息はあるみたいだ。怪我もあるけど、死ぬほどの重傷じゃない」

「本当？　よかったぁ」

ラウルの言葉にほっとすると、キャンピングカーから「大丈夫かい⁉」とアンネが降りてきた。

「意識は失ってますけど、命に別状はないみたいです」

「そうかい、よかったよ」

アンネもほっとした表情で微笑み、キャンピングカーのドアを開けてこっちを見た。

「とはいえ、そこで寝かせておくわけにもいかないだろう？　早く村に戻って手当てをしよう」

「はい！」

冒険者の女性を運ぼうとしたら、ふらつきつつも意識を取り戻した。

「――！　よかった。大丈夫ですか？　怪我とか……」

「う……、あなたたちが助けてくれたの？　リーフゴブリンを足止めしてたんだけど、やられちゃって……。自己治癒魔法をかけて、意識を失っちゃったみたい」

呼吸を整えてから、どういう状況だったか説明してくれた。怪我が酷《ひど》くなかったのは、回復魔法を使えたからだったみたいだ。

「そういえば、ほかの三人は……？」

「あ、生きてはいるみたいですけど、状況はわかりません。あなたの怪我が問題ないなら、三人のところに行って村に戻りますよ」

「私は大丈夫よ」

頷いてくれたので、私はひとまず三人の冒険者がいるだろうところへ向かうことにした。

居住スペースから「なんだこれは⁉」という声が聞こえてくるのをスルーして、私は山の中を爆走する。

幸いなことに、三つの赤丸は近かった。

「そろそろ人がいると思うんだけど――あ、あの三人組っぽいね」

前方にいた三人は立って歩いていたので、よかったと安堵《あんど》する。地図の赤丸だけじゃ、状態まではわからないからね。

「無事みたいでよかった。ね、ラウル――？」

私が横目でラウルを見ると、目を開いて驚いていた。

「……俺の、パーティメンバーだ」

「…………おっふぅ」

――ラウルをおとりにして、リーフゴブリンから逃げたパーティメンバー……。

私は怒りのままアクセルを踏み込みたくなる衝動を抑えて、キャンピングカーを停めた。

ハンドルを握る手が怒りで震えていて、私は自分で思っている以上に彼らに怒りを抱いていたみたいだ。

「ミザリー、俺は大丈夫だから落ち着け……！」

「ふうううぅぅ」

「落ち着いていますが何か？」

私はいたって冷静だ。

キャンピングカーから降りて、私は三人の冒険者の方へ歩いていく。どうやら怪我をしているみたいだ。

すぐにラウルも追いかけてきて、相手のことを教えてくれた。

「前衛のヒューゴ、魔法使いのビアンカ、回復支援のミアだ」

「ほほう」

男一人、女二人のパーティのようだ。ラウル曰《いわ》く、実力が低いわけではないのだが、どうにも自意識過剰なところはあるらしい。

近づくと、三人が私たちに気づいた。声をあげたのは、リーダーらしいヒューゴだ。

「――！　ラウル、お前生きてたのか……！」

「ああ。お前たちが逃げるためにリーフゴブリンのおとりにされたが、どうにか生き延びたよ。お前たちこそ、なんでこんなところにいるんだ？　リーフゴブリン討伐を受けたなんて……」

実力的に厳しいことがわかっているのに、なぜ？　ラウルはそう言いたいのだろう。

ラウルからは先ほどまでの朗らかな雰囲気は消えていて、わずかにピリッとした厳しい空気になっている。

「いや、俺たちはお前のことが気がかりだったんだ！　もしかしたら、まだ間に合うかもしれないと、そう思って！　お前を助けに来たんだよ、ラウル!!」

「…………」

ヒューゴの言葉に、ラウルは蔑《さげす》むような視線を向けるだけだ。

……助けに来たって言われても、ちゃっかりリーフゴブリンの討伐依頼を受けてるのに信じられるわけがない。

本来なら、すぐにリーフゴブリンのことを冒険者ギルドに報告し、救援にくるべきだった。けれど、彼らはそれをしなかったのだ。

見え透いた、酷い嘘《うそ》だ。

「――死んだ冒険者の冒険者カードをギルドに提出すると、一定の金額が受け取れる。あなたたちがほしかったのは、彼の冒険者カードだったんじゃない？」

声がして後ろを見ると、アンネとエルフの冒険者がキャンピングカーから降りてこちらにやってきた。

ヒューゴたちは彼女の顔を見ると、ひゅっと息を呑んで後ろに後ずさった。やましいことがありますと、言っているようなものだ。

……もしかしたら、彼女が死んだときも、冒険者カードを拝借しようとしていたのかもしれない。

「ち、違う！　俺たちは本当に――」

「だったら！　どうして依頼を受けたときに仲間のことを言わなかったの？　こっそり死体から冒険者カードを抜き取るつもりだったんでしょう」

「……っ！」

反論されたヒューゴは、ぐっと押し黙ってしまった。

「……最低」

私がぽつりと呟くと、ラウルが申し訳なさそうに苦笑した。

「まあ、いいさ。ここで縁が切れたことをよかったと思おう。ただし、今回のことは冒険者ギルドにも報告する。彼女の証言もあれば、十分信じてもらえるだろう」

「くそ！　なんで生きてるんだ。絶対に助からないと思ったのに……」

「ラウル、ちょっとあいつ殴ってきていいかな？」

「私も殴りたいと思っていたところだ」

私とエルフの冒険者は相性がいいかもしれない。二人でにっこり笑ってヒューゴの元へ足を踏み出して――しかし『グルオォッ』というリーフゴブリンの声が響き渡った。

「ひいいぃっ、来たっ！」

「きゃあぁぁっ!!」

「なっ、二匹いたのか⁉」

ヒューゴたちの叫び声に、緊張が走った。

木々の向こうから見えた巨体は、確かにリーフゴブリンだった。

「うわわわ、どうしよう⁉」

「すぐに逃げたいところだが……難しそうだな」

「私が……！」

策戦会議をする間もなく、エルフの冒険者が大きく地を蹴ってリーフゴブリンの元へ跳んだ。その手には、レイピアが握られている。

——戦う気だ!!

私にあるのはキャンピングカーと、月桂樹の短剣。

……でも、短剣スキルなんてないから上手く扱えないよ……！　かといって、キャンピングカーじゃエルフの冒険者のアシストすらできない。

ガキン！という音が響き、見るとリーフゴブリンを斬りつけているところだった。しかし皮膚が硬いからか、思うように攻撃ができていないみたいだ。

「どうしよう、ラウル。さっきみたいにキャンピングカーで体当たりする……⁉」

「それができたらいいかもしれないけど、地形的に厳しいな」

「あ、崖がないから……」

エルフの冒険者が戦っている状況で、崖のところまで誘導するのは難しそうだ。

私が悩んでいると、「早く逃げなさい！」というエルフの冒険者の声が響いた。私たちが逃げるための時間を稼ぐつもりみたいだ。

その声を聞いたヒューゴたちは、そそくさと後ずさり始めた。どうやら遠慮せずに逃げるつもりらしい。

……ふぅん？

「キャンピングカー〈キャブコンバージョン〉召喚‼」

私が声高らかにスキルを使うと、今までよりも一回り以上大きなキャンピングカー――いわゆるキャブコンが現れた。一言でいうと、よく見る一般的な大きいキャンピングカーだ。

そう、レベルアップした結果、軽キャンパーではなくキャブコンを召喚することができるようになったのです。私のスキル、超進化してる。

私が召喚したキャンピングカーを見て、ラウルもアンネもあんぐりと口を開けて驚いている。

そうでしょう、私の新キャンピングカー、とってもいいでしょ！

ふふんとドヤりつつも、私はラウルとアンネ、それから猫たちに「乗って！」と声をかける。

「ミザリー、なんだこのキャンピングカー！　さっきまでと全然違うんだが⁉」

「レベルアップしたらこうなったの。これなら、リーフゴブリンをどうにかできるんじゃないかな」

「……！　確かにでかいし、力負けはしなさそうだけど――そうだ」

ラウルが何か閃《ひらめ》いたようで、窓を開けてヒューゴの名前を呼んだ。

「ヒューゴ、剣を貸してくれ！　俺のなまくらじゃ、致命傷も与えられない」

「は……？」

逃げようとしていたヒューゴは一瞬足を止めるも、「冗談じゃない！」と声を荒らげた。どうやらこの状況下でも協力せず、逃げるつもりみたいだ。

……そんなこと、させないけどね。

私はアクセルを踏んで、キャンピングカーをヒューゴたちの横につけた。

「ひいいいっ、なんだこの物体は！　速……っ！」

「いいから剣を貸せ！　死にたいのか!!」

ラウルが声を荒らげると、ヒューゴと一緒にいた二人の女性――ビアンカとミアがヒューゴの服の袖を引っ張り「ヒューゴ……」と名前を呼んだ。

それを見たヒューゴは、チッと舌打ちをするもラウルに剣を渡してきた。

私はそれに対してイラッとしたのだけれど、ラウルはまったく気にすることなく「よし！」と声をあげて前を見る。

「ミザリー、このままリーフゴブリンの真横を突っ切れるか？」

「え？」

ラウルのとんでもない要求に、私は一気に冷や汗をかく。

「待って待って、どうするつもりなの」

「俺が窓から剣を出すから、キャンピングカーのスピードを乗せてやつを斬る！」

「ふぁ〜〜」

なんという物理的な作戦!!

だけど、確かにキャンピングカーのスピードを乗せれば……かなりの致命傷を与えられるはずだ。鉄の棒だって、時速百キロでツッコんできたら痛いどころではない。

「すーはー、すーはー……」

私はゆっくり深呼吸をして、気持ちを落ち着かせる。一歩間違えたら、大惨事ではないだろうか。

「よし、女は度胸だ！　行くよ！」

「おお！」

ラウルは開けた窓から剣を出し、体を使ってぐっと押さえている。さすがに手で持っただけでは、剣が吹っ飛んでしまうのだろう。

私はラウルに一つ頷いてから、ぐっとアクセルを踏んでキャンピングカーを走らせた。まっすぐ前を見つめつつ、私は戦っているエルフの冒険者に向かって叫ぶ。

「攻撃するから、引いて！」

「――！　わかった!!」

突っ込んでくるキャンピングカーを見て、エルフの冒険者が大きく後ろへ跳んだ。そのチャンスを逃さずに、私は限界までアクセルを踏み込む。

……っ、はやっ、こわっ！

だけどキャンピングカーは急には止まれない……っ！

ギュルルッとタイヤが音を立てるのを聞きながら、私はリーフゴブリンへ突撃して――ラウルの剣が嫌な音を立ててリーフゴブリンを真っ二つにした。

……え？　真っ二つ？

ぐっとブレーキを踏んで私は「はー……」と大きく息をはいた。

「うしっ！　倒せたぞ、ミザリー！」

「……うん」

ラウルは嬉しそうだけど、私の心臓はバクバクしているよ。若干ふらつきながらキャンピングカーを降りると、リーフゴブリンがいたところにはドロップアイテムが落ちていた。

……うん、無事に倒せたみたいだね。

私がほっとしていると、エルフの冒険者が「すごい！」と言いながら駆け寄ってきた。

「私もびっくりです。でも、無事に倒せてよかったです」

「正直、厳しいと思っていたから助かった。ありがとう、二人とも」

「こちらこそですよ」

エルフの冒険者と笑い合っていると、ラウルの「折れちまったな」という声が聞こえてきて、そちらを見ると……ヒューゴの剣がぽっきり折れてしまっていた。

「そういえば、あの三人はどこに……？」

剣を借りてそのまま放置していたことを思い出し、周囲を見回すと――いた！　数十メートル先にその姿を見つけたが、どうやらまだ逃げようとしているようだ。

「さすがに今回の件を見逃すわけにはいきませんからね。捕まえてきます」

「あ……」

私が何か言うよりも先に、エルフの冒険者が足に風魔法をかけて地面を蹴った。まるで飛ぶような速さで木々の中を駆け巡り、あっという間にヒューゴたちに追いついてしまった。

……すごっ！

「さすがBランク冒険者だな……」

「そうだねぇ。……とはいえ、この状況だから心強いね」

「ああ」

ラウルが頷いたのを見て、私たちもヒューゴの元へ行く。さてさて、彼らを血祭りにあげる時間ですよ？

私が黒い笑みを浮かべていたからなのか、ヒューゴたちが「ひぃぃっ」と声をあげた。

「くそっ！　縄を解けよ!!　俺たちはラウルを助けに来たんだ!!」

「そんなこと言われても信じられないわよ。その判断は、冒険者ギルドに任せましょう。……でも、あなたが望むなら別の方法で復讐《ふくしゅう》をしてもいいわよ。私は目をつぶっているから」

「私も何も見えてないよ！」

ぎゃあぎゃあわめくヒューゴたちは、エルフの冒険者が縄でぐるぐる巻きにしてくれた。

本来ならば冒険者ギルドに突き出すべきなのだが、彼らがラウルにした仕打ちはあまりにも酷《ひど》い。

そのため私とエルフの冒険者は目をつぶることにした。物理的に。

「ナニモミエナイナー」

「ちょおおおぉぉっ」

「いやあああぁぁ」

「やだあぁっ」

ＨＡＨＡＨＡ、叫び声が耳に心地よいわ！

なんて思っていたら、「俺は大丈夫だよ」というラウルの声が聞こえて来て目を開けてしまった。

「へ？」

「あなた、本気で言ってるの？　死にかけたんでしょう？」

私とエルフの冒険者は信じられないという顔でラウルを見た。

しかしラウルは苦笑して、「まあ、生きてるし」と甘いことを言ってのける。

……なんというか、優しい人だ。人間ができてると思う。

ラウルがそう言うならば、当事者でない私があまり口をはさむのもよくないだろう。できることといえば、彼らのことをギルドにしっかり伝えて罰を重くしてもらうことくらいだ。

このままめでたしめでたし、となると思っていたら……「ふざけるな！」とヒューゴが叫んだ。

「てめぇごときに許されるも何もねぇんだよ!!　元々、俺たちのパーティにお前はいらなかったんだ!!」

「ヒューゴ!?」

「今そんな話はいらないでしょう!?」

突然喋《しゃべ》り始めたヒューゴを見て、ビアンカとミアは顔が青くなっている。

「お前より俺の方が実力は上だ！　武器だって、お前が持つ剣より俺の方が数倍いいものだ！　ビアンカとミアだって、俺に相応《ふさわ》しい実力や装備を揃《そろ》えてる!!」

「でも……ラウルが抜けてから、上手くいかなくなったじゃない！」

「そうよ。ご飯だって、不味《まず》い保存食ばっかりになったし……」

「「……………」」

ツッコミどころがあまりにも多くて、私たちは言葉を失った。

ぎゃあぎゃあ騒いでいるヒューゴたちの話をまとめると、こうだ。

ヒューゴは、ラウルが弱く役に立たないと前々から思っていたらしい。

自分の方が強いし、武器だっていいものを持っている。同じパーティメンバーのビアンカとミアは、ヒューゴの実力と釣り合っている、と。

しかしラウルはまったく駄目だ、足を引っ張ってパーティの進軍速度を遅くするのだ、と主張している。

さらにラウルが左腕を怪我してからはそれが顕著になり、自分からパーティの脱退を強く希望するべきだったとまで言った。

それを一緒に聞いていたエルフの冒険者は、やれやれと肩をすくめている。

しかし主張とは裏腹に、ラウルが抜けた後のパーティは上手くいかなくなっていたらしい。

ラウルが周囲を警戒し安全を確保していたり、さっと狩りをして遠征時にも栄養のある温かい料理を出したり……そういったフォローがかなりあったようだ。

私もラウルと何日か過ごしていたけれど、いつも気遣ってもらっていたからそのありがたみはよくわかる。

……というか、なんでパーティなのにラウルの武器だけ整えてないの？　若干、というかかなり、私はそれに対しておこだ。

「やっぱりこいつら死刑でいいのでは？」

おっと、思わず本音がもれてしまった。

ラウルは「ミザリー、そんな物騒なことを言うなよ」と笑っているけれど、私は割と本気だった。

――というのはまあ置いといて。

「とりあえず、この人たちはココシュカの冒険者ギルドに連れていきますよ。そこで罰してもらいましょう」

「ああ、それなら私が引き受けるわ。……私の冒険者カードも目当てにしていたみたいだから」

「助かります」

エルフの冒険者の申し出に、私はすぐに頷《うなず》いた。正直、こいつらをキャンピングカーになんて乗せたくないのだ。

「くそっ、ラウルばっかりずるいぞ……！　そんなスキル持ちの女を手に入れたなんて……俺の方が上手く使えるのに――」

「いい加減にしろ！」

ゴン！　と、大きな音とともに、ラウルの拳がヒューゴの脳天に直撃した。

「うわ、すごい音……って、ラウル？」

さっきまではヒューゴたちに何かするつもりはなさそうだったのに、突然の鉄拳なんて……と私が驚いていると、普段のラウルからは考えられないほど冷えた声が出てきた。

「ミザリーは物じゃない。彼女に謝れ」

「――――！」

ラウルが怒ったのは、私が貶《けな》されたからだった。

……自分のことだとへらっとしてるのに、まったく。

思わず頬が緩んでしまったのも仕方がない。

ヒューゴは「ひぃっ」と声にならないような悲鳴をあげて、ラウルの鉄拳によって頭を地面に擦《こす》りつけさせられていた。

……わあ、ラウルが激おこだ。

「す、すみませんでじだぁ……」

「私への暴言も冒険者ギルドに伝えておきますね♡」

「しょんな……」

私の言葉を聞いて、ヒューゴは力尽きたようだ。涙を流しながら地面とお友達になって、気を失ってしまっている。

……そういえば、怪我が完治してなかったね。

こうして、リーフゴブリン騒動は幕を閉じた――。

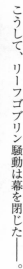

それから私たちはフルリア村に戻り、アンネの家でお世話になって、数日間ゆっくり過ごした。

ちなみにエルフの冒険者――フィフィアという名前だった――は「すぐ報告する必要があるから」と言って、ヒューゴたちを引きつれてココシュカへ旅立った。

一応、ヒューゴたちはともかくとしても、一度キャンピングカーで街まで送って、ギルドから人を送ってもらうことも提案したんだけど……断られてしまった。


私とラウルは村の中のちょっとした広場を陣取って、村でお世話になったお礼にキャンプ飯を振舞うことにした。

村の人たちほぼ全員が来てくれたのには驚いたけれど、娯楽が少ないのでこういったちょっとしたお祭りごとは楽しくて仕方がないのだろう。

「ミザリー、何を作るつもりなんだい？」

「それはできあがってのお楽しみですよ！」

気になっているらしいアンネににやりと笑って、私は「まあ見ててください」と料理を開始する。

ラウルは、焼くための焚《た》き火作りだ。

私が今回作るのは、マルルの街の市場で見た総菜パン――から発想した、パンピザだ。さすがにここでピザ生地を作るのは難しいからね。

硬めのパンを可能な限り薄切りにして、スライスしたチーズ、トマト、ミツナス、豚肉などをのせて、さらにスライスチーズをのせてバジルをちょんと置く。

は～～～～、なんという暴力的な食べ物だ！

「ラウル、焚き火はどう？」

「ああ、バッチリだ！　ミザリーの要望通り、木を洞窟みたいに組み立てておいたぞ」

「ありがとう‼」

そう、ラウルに作ってもらったのはなんちゃってピザ窯もどきだ。スキレットの上に作ったパンピザを載せ、そこに入れて……チーズがとろけたらできあがり。

簡単にできるけど、とっても美味しくてお腹も満足する一品になる。

「ではでは、さっそく！」

「おう！」

ラウルが窯もどきにパンピザを入れると……一分もしないうちにチーズがとろけた。これは大成功だ。

「よーし、じゃんじゃん焼こう！」

チーズを敷くのは基本にして、お肉、野菜、卵、魚……と、いろいろなトッピングのパンピザを焼いていく。

すると、すぐに「美味しい！」という声が上がった。

嬉《うれ》しくなってたくさん焼いていく。

「俺たちも食べようぜ」

「うん！」

ある程度焼き上がってくると、手の空いた人が手伝いを申し出てくれた。ので、私とラウルも休憩とばかりにパンピザにかぶりつく。

私が選んだのはゆで卵とジャガイモがトッピングされたパンピザで、ほくほくの食感にチーズがからまっているのがたまらない。

ラウルは肉大盛パンピザを食べたようで、零《こぼ》れないように気をつけながら食べているんだけど……チーズが伸びに伸びて、その隙間から主役のお肉が零れそうになっている。

「ミザリーたちもちゃんと食べれているみたいじゃの」

「とっても美味しい料理をご馳走《ちそう》になって、ありがとうございます」

私とラウルが食べていると、イーゼフ村長とアイーダが顔を出してくれた。

「いえいえ！　二人のお口に合ったなら嬉しいです」

「とても美味しかったよ」

イーゼフ村長は「また食べたい」と笑顔でパンピザを絶賛してくれた。チーズがたっぷりなのでちょっとくどいだろうかと心配していたけれど、大丈夫だったようだ。

「まだあるので、今日は目いっぱい楽しみましょう！」

私がそう言うのと同時に、どこからか「野菜追加、肉も持ってきたぞー！」という声が聞こえてきた。どうやら食材を持ってきてくれた人がいるみたいだ。

……これはまだまだパンピザパーティーは終わらなさそうだね。

今日は村の人みんなで思いっきり笑って、無事にリーフゴブリンが討伐されたことを改めて喜ぶのだった。

「私たちも、そろそろココシュカの街へ戻ろうか。ギルドに報告しないといけないし」

『にゃぁ？』

膝に乗っているおはぎを撫《な》でながら告げると、ラウルが「ああ」と頷いた。

「リーフゴブリンもいないみたいだし、大丈夫だろ」

「だね。キャンピングカーの地図、すごく便利……」

キャンピングカーのインパネ部分に魔物が青丸で表示されるのを利用して、山の中を片っ端から見て回ったのだ。

その結果、リーフゴブリンはいなかった。

……とはいえ、冒険者ギルドにきちんと調査もしてもらうつもりだけど。

もし私が見逃していたら、大惨事になってしまう。

私とラウルが話しているのを聞いたアンネが、キッチンからお茶を持ってやってきた。

「なんだい、もういっちまうのかい？」

「さすがにこれ以上は長居しすぎですから。次の街にも行ってみたいですし」

「そうだな」

このままではフルリア村の住人になってしまいそうだ。

私が世界を旅したいのだと告げると、アンネは「いいねぇ」と同意してくれた。

「私はもう、この村が居心地がよすぎて、よそへ行く気は起きないよ」

アンネはそう言って、棚の上に置かれた手紙をチラリと見た。

私がギルドの依頼で受けた手紙は、アンネの息子からの手紙で、一緒にココシュカの街で暮らそうというものだったそうだ。

……息子さんはきっと、村で一人暮らしをしているアンネのことが心配なんだろうね。

「もう少し行き来がしやすかったらよかったんだろうけど、山に囲まれてるから仕方がないね。フルリアの花も咲くし、山は大事なんだ」

「綺麗《きれい》な花ですもんね」

「ああ。夜に見ると格別だよ」

アンネの言葉に頷いて、私は「また遊びに来ますね」と微笑んだ。

村を出るときはイーゼフ村長やアイーダ、薪のお兄さんなども見送りに来てくれた。こうやって、行く先々で人と縁ができることを大切にしたいと思う。

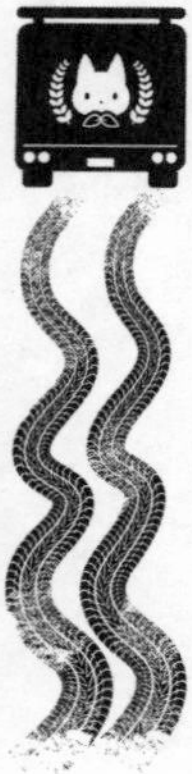

キャンピングカーでのんびり走ること数日、私たちはココシュカの街に到着した。

まずやってきたのは、冒険者ギルド。

依頼の達成報告と、ラウルの元パーティメンバーのことについてだ。生半可な罪状じゃ許さないぞと意気込みつつカウンターへ向かった。

「……おかえりなさい」

私が鼻息荒くしていたからか、受付嬢が若干引いている……が、そんなことは気にしている場合ではない。

「ラウルの元パーティメンバーについてお話ししたいです」

「はい。フィフィアさんから一通りの説明はしていただいています」

受付嬢は真剣な表情で頷いて、話をしてくれた。

まず、フィフィアが説明したことは一連の流れと、彼らの思惑などだ。きっちり説明されていたので、私が補足することはいかにヒューゴたちが酷いかということと、ラウルがどんな目にあわされたかということくらいで済んだ。

「俺としては、次の被害者が出ないようにという点に十分気をつけてほしいです」

「もちろんです」

ラウルの言葉に、受付嬢は頷く。そして言いづらそうにしつつも、処遇に関する説明などを続けた。

「……実際のところ、自分たちが敵《かな》わない魔物が出た際に、パーティメンバーの一人が犠牲になることはたまにあるんです。そういった場合、処罰などは原則ありません。冒険者という職業柄、死と隣り合わせになることもありますから」

受付嬢の説明を聞いて、もしや今回は処罰なしに⁉と嫌な汗が出る。が、「ですが」と受付嬢が言葉を続ける。

「今回のことは極めて悪質です。そのため、冒険者の資格を剝奪することにいたしました。それ以外には罰金がありますので、それは徴収できた段階でお二人にお支払いいたします。……すべて支払うまでに少し時間がかかってしまうかもしれませんが」

「わかりました」

処罰なしにならなかったことに、私はほっと胸を撫で下ろす。

罰金の支払いが後になるのは、ヒューゴたちの手持ちがほとんどないかららしい。強制労働として、鉱山かどこかに送られるのだそうだ。

説明がすべて終わると、受付嬢がカウンターにお金の入った袋を二つ置いた。

「これは彼らの装備品などを売ったお金です。ひとまず、こちらを最初の罰金分としてお納めください」

「「ありがとうございます」」

そして次に、手紙配達と薬草採取の報酬ももらう。

これは私とラウルできっちり等分にする。ラウルには移動手段が私のスキルだからと言われてしまったけれど、そのほかの部分では助けてもらってるので等分にした。

と思っていたら、ラウルが今回の報酬を全部渡してきた。

「？　ラウル？」

「いや、ポーション代だよ。まだちょっと足りないけど。ヒューゴたちの罰金分は、生活費にするよ」

「……ああ！」

すっかり忘れていた！

そういえばラウルは、ポーション代を私に返すまでの間、護衛をしてくれるという話だった。

ポーションは私が勝手に使ったので料金をもらうのはなんだか申し訳ない気がしたけれど、きっと私がラウルの立場でも同じことをしたと思うので、ありがたく受け取った。

「ラウルの目的は、ダンジョンなんだよね？」

「ん？　まあ、そうだな。眉唾だけど、エリクサーを探したいし」

ラウルの言葉を聞いて、私はごくりと唾を飲む。

「ダンジョン、ダンジョン……すごくワクワクする響きだよね。ねえ、私も冒険者になったことだし、ラウルと一緒にダンジョンに行ってみたい！　広い道ならキャンピングカーで走ることもできるだろうし、どうかな⁉」

「え、ミザリーがか⁉」

ラウルは「うーん……」と悩む様子を見せつつも頷いてくれた。

「冒険者になりたいって言うなら、俺が止めるのもよくないよな。でも、行く前に基礎的な体の動きとかは、ちゃんと覚えてもらうぞ」

「えっ、えっ、えっ、いいの？　嬉しい、ありがとう‼」

元々依頼をして護身術や基礎的な動きを教わりたいと思っていたのだ。ラウルが教師役をしてくれるのなら、安心安全だね。

私たちはニッと笑い合って、次の目的地をダンジョンに決めた——！

キャンピングカー間取り

Lv10
キャブコン
バージョン

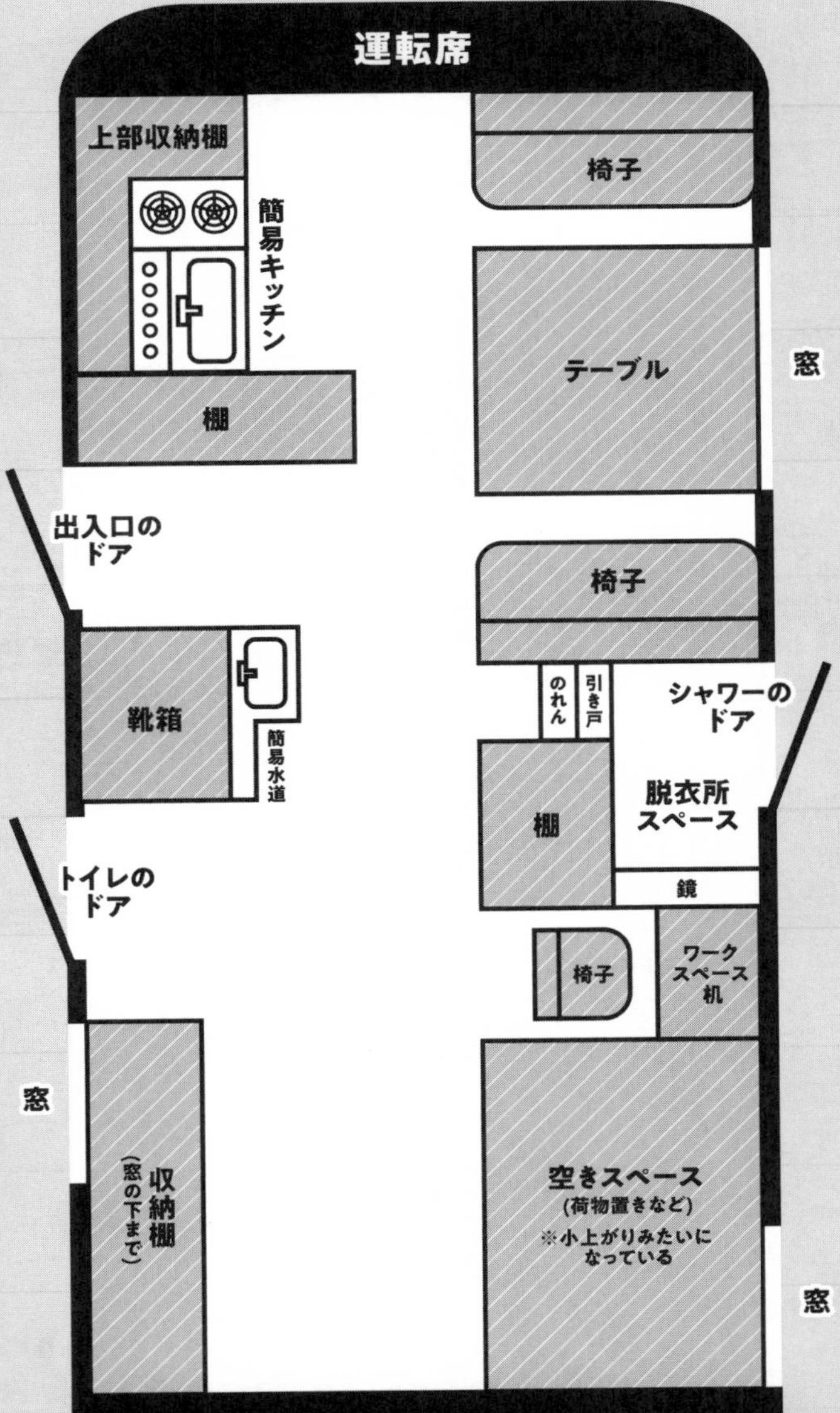

あとがき

初めまして、ぷにと申します。この度は、『悪役令嬢《あくやくれいじょう》はキャンピングカーで旅《たび》に出《で》る　〜愛猫《あいびょう》と満喫《まんきつ》するセルフ国外追放《こくがいついほう》〜』をお手に取っていただきありがとうございます。

しかしタイトルがちょっと長いので、私は悪役令嬢とキャンピングカーと呼んでおります！


今回のお話は、キャンプ！　焚き火！　キャンピングカー！　美味しいご飯!!

キャンプ飯なんかは美味しそうなものが多くてテンションが上がるのですが、いかんせん異世界。この食材はあるのか⁉　道具もうーん（悩）みたいなことが多かったです。お米や袋麺の偉大さを改めて感じたように思います。

体力はないですが、自然は好きな私です。

最近はあまり出かけられていないのですが、屋久島《やくしま》に行ったり、沢登りをしたり、冬の北海道の森（？）に行ってリスを見たりしました。まあまあ過酷だったのですが、楽しかったです。

おはぎとのスローライフは、まったりゆったりな気持ちをお伝えできればと思っております。隣に猫がいる幸せ……！

そんな楽しそうなことを、ミザリーを通してお届けできたらいいなと思っております。

ＷＥＢ連載からの加筆修正はもちろんなのですが、書籍版ではミザリーが走った道のりを地図にしていただいたり、キャンピングカーの間取りを作っていただいたりしちゃいました！　すごくないですか？　ぜひ見ながら楽しんでいただければと思います。


イラストを担当してくださったキャナリーヌ先生。

元気でお洒落なミザリーや、美味しいご飯！　そして可愛いおはぎや優しい雰囲気持ちつつイケメンなラウル。キャンピングカーのロゴもとっても可愛いです。ありがとうございます！

地図イラストを担当してくださった今野隼史《こんのたかし》先生。

温かみがあり、ミザリーが楽しくキャンプしたのだとほっこりします。ありがとうございます！

担当してくださった阿部《あべ》さん、藤原《ふじわら》さん。

私の我が儘をたくさん聞いていただきありがとうございます……！　本当に感謝の一言につきるとはこのことです。とても素敵な一冊に仕上がったのではと思います。

そして本書に関わってくださった全ての方、読者の方、本当にありがとうございます。引き続き悪役令嬢とキャンピングカーをよろしくお願いいたします！

DRE NOVELS

悪役令嬢はキャンピングカーで旅に出る

～愛猫と満喫するセルフ国外追放～

2023年9月10日　初版第一刷発行

著者　ぷにちゃん

発行者　宮崎誠司

発行所　株式会社ドリコム
〒141-6019　東京都品川区大崎2-1-1
TEL　050-3101-9968

発売元　株式会社星雲社（共同出版社・流通責任出版社）
〒112-0005　東京都文京区水道1-3-30
TEL　03-3868-3275

担当編集　阿部桜子・藤原大樹

装丁　AFTERGLOW

印刷所　図書印刷株式会社

Printed in Japan
ISBN978-4-434-32558-8

ファンレター、作品のご感想をお待ちしております。
右の二次元コードから専用フォームにアクセスし、作品と宛先を入力の上、
コメントをお寄せ下さい。
※アクセスの際に発生する通信費等はご負担ください。

余命半年と宣告されたので、死ぬ気で『光魔法』を覚えて呪いを解こうと思います。Ⅲ

～呪われ王子のやり治し～

熊乃げん骨

［イラスト］ファルまろ

地殻変動によって学園の一角に突如として出現した未踏の遺跡へと続く大穴。調査中にもかかわらず、仕組まれたかのように内部の見学を許されたカルスはそこで五百年前に滅んだはずの最悪の化け物、魔の者と遭遇する。仲間達とともに死闘を繰り広げる中、次元魔法によって地下奥深くへ飛ばされ仲間とはぐれてしまったカルスだが、そこで眠る伝説の白竜、『双尾の白竜』との出会いによって物語は一気に加速する――。

『呪いはただの闇の魔力ではない。闇の神が施したものだ』

歴史の真実に触れたとき、カルスは新たな光を手にし……

呪いと祝福に包まれた少年が歩む優しい英雄譚3弾！

DRE NOVELS

婚約者が浮気相手と駆け落ちしました。王子殿下に溺愛されて幸せなので、今さら戻りたいと言われても困ります。

櫻井みこと
［イラスト］黒裄

一年前に音信不通となった一歳年上の婚約者リースを追いかけ、王立魔法学園に入学した田舎領地の伯爵令嬢アメリアは、学園で不穏な噂を耳にする。それはリースが懇意にした令嬢（浮気相手）との純愛をアメリアが邪魔しているというもの。事実無根な噂で孤立してしまう彼女だったが、なぜか第四王子サルジュ殿下に見初められてしまい――!?

「私には、アメリアがいてくれたらそれでいい」

（そんなことを言われたら、勘違いしてしまいますよ）

私、婚約者のことなんてどうでもよくなるくらい、王子殿下に溺愛されてしまいました――傷心から始まる、究極の溺愛ラブロマンス!

DRE NOVELS

第1回ドリコムメディア大賞《銀賞》

月花の少女アスラ
～極悪非道の傭兵、転生して最強の傭兵団を作る～

葉月 双
［イラスト］水溜鳥

　魔法を有効に使え、魔法だけに頼らず戦える兵士〝魔法兵〟――そんな新しい兵科を用いた傭兵団《月花》の団長アスラ・リョナは、前世でも傭兵として生き、命を懸けた闘争をこよなく愛している。故にアスラは今世でも同じ道へと突き進む。迷いなく、躊躇いもなく。

「夢のような戦闘を続けよう。ロマン溢れる魔法を主体とした戦闘を。……ああ、君たちにとっては悪夢のような、だったかな」

　偽り、謀り、欺きながら類い稀な魔法の才能と才覚で戦場を巡るアスラは、この世界でも悪名と戦果を挙げていき……やがて《銀色の魔王》と恐れられる少女のダークファンタジーが幕を開ける。